·广西新锐作家作品系列·

东西 主编

空间：猫、硅胶工厂和心脉

黄其龙 散文集

广西民族出版社
Gvangjsih Minzcuz Cuzbanjse

作者简介

黄其龙，男，1989 年 6 月生，中国林业生态作家协会会员、广西作家协会理事。散文发表在《广西文学》《民族文学》《星火》《美文》《黄河文学》等刊，有作品被《散文海外版》转载，选入《原浆散文精选》，曾获《广西文学》年度优秀作品新人奖、年度优秀作品散文奖。

目录

川上的婚姻

一

按她家与桂江的距离，我忽然想到，她的第一声啼哭首先落在桂江上，在桂江的江面划出大片的喜气。她从母体中挣扎而出，首先接受桂江的洗礼，而后生长、热闹、忧伤、平静，最后和我相遇，决定过着眼下的生活。

我们从桂西南边疆地区的崇左出发，在南宁、梧州分别转了火车、动车和大巴车，头挨着肩一路穿过喀斯特地貌山丛，掠过浔郁平原、浔江和桂江交汇地，抵达桂东地区的她家。导航上显示600多公里，总体行程前前后后要消耗7个小时左右。我们早早地出门，到了傍晚大色准备闭合的时候抵达，在车窗边上经历了从日出到日落的时间渐进流淌，以及天色的渐进转化。

我们风尘仆仆地从大巴车上跳下。她拉着我的手，最先领我去看的就是桂江。“看，就是这条江。”她细细的手指在由近到远的空间里划过一大片水域。她踮着脚几乎腾跳起来，脸上挂着绵密的喜悦。

是的，就是这条江。生她养她的桂江。

我循着她的手指望去，江水隐隐从遥远的葱葱郁郁的山丘夹缝那里流出，不遇坎坷，不临深渊，夹在两岸的一些村庄中间寂静地流淌，终又隐隐消失于远方的山丛。它不属于涓涓细流，而属于浩渺大水的那一类，和她描述予我的并无二致。江面翡翠绿的“肌肤”细细腻腻的，色泽接近于一片高山茶叶的表面，那是一种令人无法抗拒的颜色。我迫切需要这样的水去清洗奔跑过的身体，更迫切需要这样的水去涤荡疲劳的灵魂。

“静水深流，静若处子。”我默念道。我始终相信静水会深流。眼前江水内里的静和我热爱的淡远的宁静存在暗含的呼应，比如它一声不吭，我也很少说话，但安静之间我们似乎都在拼命地奔流，咬住仁慈与善良，情怀与热忱，去实现终极目标和活着的意义。我初来乍到，内心的喀斯特山丛突然有了落脚的水面。

我们还在桥头上立着的时候，她父亲驾驶一辆男士摩托车从对岸经过桥赶来接我们。他在周围停好摩托车后，端着手来接过我们的行李。他嘴上一边叼着香烟喷出烟雾，一边吧嗒着当地的土话跟她讲话。我慌乱地插了进去打了个招呼：“叔叔好！”他调整了一下腰身，眼睛往我身上搜了一遍，仍旧喷吐着烟雾点了点头说“好，路上辛苦了吧”。我知道我要面对他不止这几秒钟那么简单，我没有像热气球那样膨胀而出的底气，感觉未来可能要困难重重。我无法在极短的时间内猜测一个男人的最终想法。

这位今后与我产生瓜葛的父亲，头顶秃得光亮，头皮反射了一些太阳光线到我的眼睛，让我感到阳光灼灼。是的，我不应该这样看着他的头皮，何况我即将请命于他。他身穿条纹 T 恤和深灰色的西裤，条纹 T 恤大概有了一定岁月而呈杏色。我慌忙从他手中抢过一些行李，用了一些力气将最大件的行李箱架在摩托车尾部的托架上，同他拉紧胶线绑住蘑菇似的行李堆。他也终于把嘴上的香烟吐出，跨上摩托车转过头来同她说了二三句话，大概说先把行李托运回家。乡村教师的典型形象在他身上显得极为饱满、热烈，一览无余。

“爸准备退休了吧？”摩托车驶向桥对岸的时候，我转过身问她。我在她面前是要提前叫“爸爸”的。

“还要工作五六年。”她安静地说。

“应该还可以养养头发的。”我说。

我们步行回家，天渐渐黑了下来。过了桥要穿过两条狭长的街巷，其中一条街巷两侧嵌满许多门面并不热闹的服装店、杂货店、小餐馆等，另一条街巷更接近她家，两侧的建筑显得有些颓败，越往里走越不见服装店、杂货店和小餐馆，只见一些老人坐在屋檐下看猫。这条街巷给人的感觉是时间倒退回民国或者更早的年代，更多的人搬离了乡镇去往城市，谋求更灿烂的生活。

她母亲是个瘦弱的女人，身上穿着宽松的衣物，反而使她的骨骼飘立起来，整副躯体离肥胖相隔世纪之远。我进门的时候，这位母亲正提着一只烫了毛的鸡往厨房里赶。客厅暗红色的木制茶几上摊着一捆还没摘去枯黄枝叶的空心菜，我忽然想起我应该做一些事的，比如冲到厨房帮助她完成今晚的晚餐，或者把眼前这把空心菜择好，再或者跑下楼到镇集市上买几斤排骨。然而我目前还不是这个家庭的成员，还不了解这个地方的习性和风俗，我提前被他们喝住了，她母亲命令我不要动。

我突然变成了傻子一样，脑子失灵，杵在客厅里什么也做不了，承受孤独，与空气对峙。

二

当我从睡梦中爬起来的时候，这个小镇集市传来咣咣的剁牲畜骨头的声音。她母亲早早出门去了，在镇上经营一个卖衣服的摊子。我走出房门，她父亲在阳台上用圆石碾玉米粒，他要伺候从山上捕来的竹鸡、斑鸠。“我想出门去看看江。”我说。

白云在头顶上袅袅翻卷。白鹭从远处的一处密林里飞出，在粼粼的江上翩翩展示轻柔之美，女人的婀娜很有可能是受到白鹭启发的结果。太阳光线落在水上，水面敷上一层融融的暖色。这一切是那样的美好。我启用心理暗示，提醒自己：思绪的开合不应承受那些让人感到束缚和不悦的想法。有一只粉粉的蛾落在我眼前不远的水面上，我不知道它什么时候出现的，从川上的哪棵树上摔落。它扑棱扑棱地在水面上挣扎，那是临死前最有力的挣扎。我看到从远处剑一样游来觅食的鱼儿，很有可能将它一口吞没。它震动着的躯体和翅膀，在水面上荡出一圈又一圈的细细的波浪，那波浪呼应着天上洁白的云，呈现某种流动性的洁白影像。那倒是一场极美极美的舞蹈。牺牲的悲剧和舞蹈的审美突然处在同一个层面的维度里，让我感到欢喜，也让我感到忧伤。

我突然想到孔夫子。两千年前，他发现了“川上”心理现象，即在川上徘徊的人，往往内心恍惚，感到有莫名的东西从身体里流逝。他看到流水进行无声无息的线性流动，想到人生的时间无时无刻不在流逝——时间的流逝很可能也是线性的，他感到毫无办法，只能怀伤：逝者如斯夫，不舍昼夜。他那颗隆起的连着浩渺世界的脑袋果然厉害。此刻我立在川上望向白茫茫的一大片水域，如我，就是孔夫子描述的当下对象。

我在那方充当餐桌的窄窄的红色茶几上，没等她父亲和母亲问，就主动交代了我的家庭，我的工作，以及身世经历。那是天经地义式的暴露。我用尽了有生以来积蓄在胸的所有勇气，把那些事情吐出来，还用了很多的气力。

父亲在我读高三那年就过世了。现在和母亲、妹妹住。爷爷奶奶还在，同两位叔叔住。我说。

哦，你妈妈也不容易。

我说，是的。她一直在支持我，每一件事都支持我。

生活会慢慢变好的。现在上班很忙吗？小翟跟我们说过，你中午下班都在局里休息的，买张折叠床放在办公室吧，可以躺一会儿，醒来再干活。

胡乱搭几张椅子躺下，办公室有打印纸可以当枕头用。我答复道。

谈到我母亲的年龄，她母亲说自己是姐姐，大我母亲两岁。我翻开手机相册，迅速找到母亲的相片送到她面前给她看。其中一张相片里，母亲立在老家房屋的门前，手上握着一把青黄相间的菜梗，正踮起脚跟把菜梗抛到鸭圈里喂鸭。她身材矮而短，动作迟缓，眼神有些飘散，我家的鸭正朝着她转动眼球，望着她手上的菜梗嘎嘎叫。我用手指点了点，将相片放大，说这就是我母亲，她在家养了不少的鸡鸭猪。在这张相片里，位于母亲身后的老家房屋虽然是新建的两层半钢筋混凝土结构的楼房，但房子中间的门和窗还没安装，任何一股或大或小的风都可以在我家房屋里肆意穿行，风显得很自由。

后来谈到桂西南崇左地区的天气，谈窗外夜幕下无声无息的桂江，谈公务员考试，谈来回车程……

他父亲则关注桂西南地区的生态，问我喀斯特地貌的石头山上是否有竹鸡、斑鸠，有没有人上山捕捉过。我说，犯法的。他说，他打算把阳台上的两只竹鸡和一只斑鸠放回山上，可是自己这一关过不了，每天早上好吃好喝地伺候，好不容易建立起来了人与动物的微妙情感，像割肉一样难以下手。

无论谈到什么，我总要在谈话的中间，试图去表达我多么爱他们的女儿。我特意搬出了我们在一起的六年时光，气力饱满地强调家务活都是我包办。但是我没有提到彩礼的问题。我怯懦、自卑，提起的勇气如同漏了气的气球一样疲软了下来。我自己给自己创设了婚姻的悬念。我的眼皮抬不起来看他们脸上的晴雨表，但是眼球转动得很厉害，扫过周围的家电、窗帘、柜子，最后落在自己身上的衣袖、手臂上，试图从它们身上搜出一些话题。

我说买了房，只是九十五平方米，三房两厅；月供不到两千，贷款三十年。

工资会涨。他父亲点了一支烟，淡淡地说。

“男人要有爱好，不然死气沉沉。”又问我平时喜欢做什么。我说打篮球、写作、钓鱼，谈到钓鱼的时候又扯到了窗外的桂江。

……

川上生长着芦草，它们不规则地朝着不同方向舒展身躯。只要我在川上徘徊，无论我是在桂西南地区的喀斯特地域，还是在桂东地区的土山脚下，都能瞧见它们张狂的枝叶在风中哗哗奏响乐章，那乐章呼呼的，野性十足，是无拘无束的乐章。这乐章，我好像在电影《加勒比海盗》中听过——那用提琴演奏的主题曲。我喜欢把整座躯体沉进去聆听这样的乐章，此刻乐章在人间最清灵的川上发声，它哗哗的、呼呼的声音总能盖过一些思绪，我的耳根反而更能清醒、提振，心灵也更可自持和坚定。风扫过的时候，芦草斜斜地往同一方向压低身姿，集体呈现了最赤裸的躯体，一排排躯体的线条清晰可见，白绿的色泽，用手去摸能摸到它的不屈力量。嗯，在川上睹物，我同时获得暂时的、不彻底的超脱。

三

两千年前的孔夫子或许不知道，他的儒学体系在两千年后的一位年轻人这里，产生的心灵疗愈作用并不大。

现年三十一岁求婚结婚，在城市不算老也不算晚。然而在光棍率让人绷紧神经的农村，这个年龄尚未娶妻生子，人们的眼睛总落在你的身上，人们通过眼神催促你去完成结婚和生子的生命过程。长久以来，一个人的婚姻与全村人都有瓜葛，个人的命运似乎要服从大局的命运。

母亲下了最狠的命令，无论如何都要把她娶过来。年初的时候，母亲包了村里的一辆三轮车到镇上买了五只猪崽；年中的时候又买了许多鸡鸭仔；现阶段她已经养肥了那些鸡鸭，而那五头养了差不多大的猪受到非洲猪瘟的病毒侵袭，全部呜呼丧命，还夺走了她的很多眼泪。那些活着的鸡鸭从早到晚咯咯嘎嘎叫，在房前屋后以及芭蕉树下啄食走动的场景很是热闹。母亲去喂食时，它们常追着母亲的脚后跟不放。它们即将在我的婚礼宴上扮演“肉”的角色。母亲提前张罗办酒的一切事务，猪的事情她也联系好了镇上的肉铺，她一个人对着空气埋怨说：“贵，黄金猪肉。”那时猪肉已经涨到二十八元一斤。她提前广布天下，说我年初六办酒，以至于后来我与村人打照面时，对方总满脸喜气地打听起我的这个事情。

我不只担心时间的问题，同时还要担心礼金的问题、婚礼消费的问题。

五万的礼金肯定是要有的：她这头要办酒席，要花三五万；我那头为了让母亲高兴，怎么也得在老家办宴席，也要花两三万。整体算来，我至少还要找十几万块钱去解决我的婚姻问题。而在此之前，我和母亲还没有还清建老家房子欠下的六万块债务。

我这样想着，川上吹来乱糟糟的风，它们灌进我同样乱糟糟的脑袋。忽然之间，我感到头疼，脑袋快撑不下去，好像要爆炸。

母亲再次坚定地说，她还会去东莞原来的那个工厂再打两三年的工，帮我解决一部分难题。我知道她很坚强。她先是还了父亲重病住院那段时间不知去哪里找哪个亲戚借的三万块钱——那年我面临高考，钱的事情她从来不让我过问，只一个人默默承受。几年后我考上教师岗位，我不知道她又从哪里拿出六万块钱让我付房子的首付，再后来又从哪里拿出三万把老家的土房子推倒，请手工最便宜的师傅一点点建起新房来。我不知道一个五十多岁的中年妇女到底还有多少时间可以折腾，但我知道她一直在围着我转，并且她不妥协于命运对她的安排。广东的那家工厂是她解决这一切问题的场域，而我不小心变成了我自己所厌恶的“啃老族”。

母亲拼命地往前赶，我也拼命地跟着她往前赶。我常常自嘲，母亲和我是典型的物质异化个体，在物质面前丧失了心灵自由，被来自生活深处的闪电恶狠狠击中。母亲不懂什么是物质异化。我们母子二人解决城市住所问题，解决农村住所问题，解决婚姻的重大开支问题，还房贷，还老家的债，还信用卡的债，物质正在无形地吸走我和母亲的血液和呼吸。我的骨骼比较突出，体型也算庞大，但精神和气魄正在一点一滴受到现实困境侵蚀、扭曲，我很害怕母亲突然间承受不住。

我和母亲并不能像孔夫子那样，成为精神饱满的完整的个体，有完整的可以对抗时间和生命流逝带来的创伤的儒学体系。

我想到自己的出生日期，对应孔子提出的“川上”心理现象，末了指着无声无息东去的桂江，什么也不做，内心充满惶惑。一九八九年农历六月十九的这一天，时间安排我夹在80后和90后的中间，时间拉开的空间使我肩负双重身份。80后的人通过自我奋斗创造住房和婚姻条件，90后则是父母代替其创造，而我一半靠守寡的母亲拼命追赶，一半靠我筚路蓝缕，一点一滴积累那十平方米、二十平方米，瓷砖、腻子粉、衣柜、灯饰……

是的，我只是一抹影子而已。网上的许多新闻不时跳出来强调结婚礼金的逐年攀升，当下已经涨到几十万上百万，房和车已经是不成文的先决条件。我在手机里刷到这类新闻，竟也心甘情愿地把自己套了进去，假想类似于今日所面对的问题，即数额的问题和如何解决的问题。我感到新闻上的任何人都可以把我死死地比下去。

婚姻是一座围城，婚姻的条件又是一道围墙，一个在里一个在外，城院很深，然而多少人一往而情深。我的那座围城，重兵把守，手持器械盘问我的经济状况。

四

她家的窗户依然开着，我再走近几步，透过窗户还能望到那只竹鸡和斑鸠的二三抹影点，它们跳跃着发出清爽的鸣叫声。她父亲蹲在笼子前挑逗，双手在笼子前比画着某种“鸟语”，嘴上也学着它们的叫声。这位有着三十多年教龄，工资依然微薄的乡村教师，正在给后半生寻求心灵抚慰。

鸟儿们是快乐的。这位即将与我产生瓜葛的父亲也是快乐的。

我靠在码头的一根石柱上，盯着一些散乱的云朵，云朵没有固定的形态，却蕴含有生气的精神。云朵倒映在水面上，水面如同云宫。心脏的跳动像极了牛蛙鼓着大大的腮帮和肚皮发出的震耳欲聋的声响，心脏呈现打开的空间，在这个空间里，呼吸和想法高度统一在某一层面上或者某一思绪上。

我从来没有见过一条大江停止奔流。奔流之水是逝者，也是归宿，它的终极目标就是大海，在漫长的途中滋养两岸的万物生灵，万物生灵得以蓊蓊郁郁、意气风发地生长。它与大海相隔千里万里，但它有着强大的心脏支撑着它的意志和气力，它拒绝胆怯、平庸，它不关心在川上徘徊的你发生了什么事、经历了什么以及风云怎么变幻，也不会说“相信我吧”，与你打招呼，而是潜移默化地给你注入力量和意志，让你浑身的血脉饱满贲张。我从来没有见过一条江不给予生命滋养和力量。

孔夫子“逝者”的所指不应简单理解为时间的流逝，而应以人为中心，包罗生命和人生万象。一切事物都可以理解为逝者。但孔夫子那高高隆起的额骨，让他广阔的额头像千万株向日葵那样蓄满了阳光。阳光下，我似乎看见他站立在川上轻轻挪动着右手抚合在左手上，两只手正压着一整套儒学的秘密，笃定地放在腰身的方寸前方，双目紧锁芸芸万物众生。浩渺江面吹来的缕缕风，掀着他的儒衣往身后漫漫地飞去，缠绕着他莫大的思绪。他知道他不能改变流水的方向和时间的姿态，脸上出奇地风轻云淡，心上丝毫没有生发过悲伤。孔夫子莞尔起来，也悲悯。川上立着他的许多弟子，这些弟子妆容淡雅，深思邈远，在江面前翘首等待孔夫子的智慧。他以逝者的身份培育了儒学体系。

我把影姿投射到水面。那翡翠绿的流水，并不是我生命外在的流淌，而是在我体内寂静地流淌。它能从我的胸腔里像撕裂一张纸一样，扯走我的思绪，让我有了远方的诗意，苦难的诗意。孤零零徘徊于川上，我更加注重人生的内在形式，内在是曲线的，自有它曲折的审美意趣。我霎时觉得婚姻的那座围城也自有风光，那扇窗户的里头，有绵密的幸福弥漫着。

“回家，喊那位父亲为爸，那位母亲为妈。”我自言自语道。

走！

按照习俗，父亲过世的，则应由我家两位叔叔出谋划策，然后叫上我这边的许多亲戚，带上杀好的猪和未杀好的鸡鸭等，走上七百公里的路程到达她家，和她家那边的许多亲戚好好地吃一顿。可是，我顾不上那么多，没多想就冒冒失失地抵达她的家，然后冒冒失失地开口。我这样的冒冒失失有反习俗反常理的意味，但很多时候，我宁愿相信真情和真爱，因为它很大程度上决定了未来幸福的广度和深度。习俗和常理固有它存在的合理解释，并且有一定的根深蒂固的不可逆性，但如我这样经历了人世变故的人，要讲究起习俗和常理，是很让自己难堪和受伤的。

我挪动脚步，内心隆重地走上坡去。

五

那方窄窄的红色茶几上，有一块方形玻璃压着，它含糊不清地倒映着我的面孔，和我头顶上的那盏老式电灯。屋里有些暗。

晚饭过后我们围在红色茶几旁坐着。要多少礼金？要办什么规格的婚礼？他们没有提出。

他们的面孔同样映在那方玻璃之中，与我的面孔交汇，我们的额头通过影子触碰在了一起。他们的影子光秃、瘦小，而真正的躯体就坐在我的正对面，显得伟岸大度。

我是极其幸运的。她父亲嘱咐我和她好好生活下去。他说找个时间从这个被水牵着奔跑的马江镇乘大巴车转梧州，到梧州乘动车上南宁，在南宁再转大巴车到崇左，跨越桂江、浔江平原，穿过密集的喀斯特地貌山群和无边无际的甘蔗林来和我们小住一段日子。

我说，好啊！到时我们上南宁东站接二老。

她母亲夺过话语权，说备孕要提上日程。天底下的母亲都这样着急，这样的话我母亲也很着急地和我说过。我脸颊、耳朵有些发烫，心里却感到幸福突然降临，如同突然饮了一罐蜂蜜，后来甜到五脏、四肢。她母亲很快又转过脸用本地话和她说话，我听不懂，但我知道她母亲正在向她传授经验和秘诀。

她父亲喝了点小酒。

我也喝了一大口下去，气氛突然热闹起来。

我们共住了两日，第三天一早要返回崇左。她母亲将我们送到来时的桥头。桥头是个候车点。她母亲因为瘦弱，一路上的脚步很轻，但话特别多，对女儿交代了很多我听不懂的事情。往梧州方向的车还没到候车点，她自个儿去到一旁的猪肉铺向光着膀子的屠夫比画购买猪排骨，后来用几个塑料袋包好塞到我们的行李箱，说："到崇左就天黑了，那边菜市也关门了，就从这边带回去吧。天气不那么热，不会发臭。"我伸出手来拦也拦不住。其实在出门之前，她就已经把空心菜、红薯叶、茄子、百香果、葱、蒜等打包成一个大袋子，同样塞进我们的行李箱，这些蔬菜水果是她在楼顶上亲自种养的有机蔬菜和水果。那两日我上楼顶看过她的菜园子，各类的蔬菜长在各种各样的盆盆罐罐里，那些蔬菜吸收最为饱满的阳光而灼灼生长，长势很壮观。我由衷佩服她的创造力，觉得女人是天生的自带光环的劳动者。她在生活上是一位精打细算的母亲，和我的母亲一样，相差不了什么。

后来车到了，她和她母亲拥抱了一下。我说，我们回去了，等我们工休或者国庆再来看您。

我们上了车，她母亲候在原地，看着我们的车启动，开远，消失。

（发表于《星火》2021 年第 1 期，《散文·海外版》2021 年第 3 期转载）

蜜蜂飞来飞去

蜜蜂嘤嘤嗡嗡地在我们的头顶上空盘旋飞舞。

它们不该这样热闹。蜜蜂在夜晚是不出窝的，它们应该像人一样日落而息。

我不知道为何要过节，不知节日从何而来。我们宰杀了一只八斤重的土鸡和一尾六斤重的野草鱼，老屋餐桌上摆满了盛满各种肉食的旧碗碟。多年来我们一直沿用那个爬满凹洞的古董似的四角红漆松木方桌。我抬头看了看房梁，松松垮垮，满目颓败，我不敢伸手去触碰与房梁连着的墙、柱、梯。

灯泡悬挂在我们的头顶上发出昏黄的光线，我们把关于土地的食物嚼得香飘满屋，后来围绕在他的周围谈工作谈生活。他双眉紧蹙，嘴上吐出丝丝缕缕漫无目的的烟雾，对我们的谈话犹如不闻，岁月差不多封住了他的两只耳洞。

没有人告诉我为什么画风总要突变。也没有人解释为什么蜜蜂还在我们头顶上空不知疲倦地盘旋飞舞。

是的，毫无准备。

台风，大暴雨，把大地劈出窟窿的雷电。

风和雨急急地在屋瓦上盘旋奔走，雷电像只猛虎在屋顶上方怒吼。透过那些巨大的声响，我隐隐听到房梁吱呀破裂的声音，但抬眼看他迷蒙的面孔，他还在吐着漫无目的飘飞的烟雾。大雨已经从牛眼大的漏洞啪啪而下。

“离开这座风雨飘摇的房屋！”我急急忙忙冲着他的耳朵大声吼叫，喉咙几乎亲吻了他的耳膜。他还在吐着他的烟雾，但我确定他是听到了的，他的耳朵还没到密不透风的严重程度。

我们逃了出来。去拉他的时候，我、二叔、三叔，三个青壮的力量居然拉不动他，他的重量和力道如同鸡冠山那么沉那么大。那些蜜蜂呜呜呜呜地在他的头顶上盘旋，它们形成了一堵巨大的蜂墙，他的重量和力道可能来自那群蜜蜂。

我总在老屋千钧一发之际醒来，睁开眼睛看到头顶上一片缥缈的灰白色，那天花板似乎还在腾挪转动。卧室的窗外确实刮了风雨把城市的夜灯浸湿，天地敷上保湿面膜。我隐隐察觉，时间和空间交汇衍生的潜意识在幽暗中萌动，极易造成迷迷蒙蒙的错痛之感。

每年的雨季，我被迫做这样的梦。

一

他把蜂箱架在老屋的瓦檐下，箱体朝光的一侧特意留有比筷头稍宽的洞眼。洞眼处不断有嘤嘤的蜜蜂奋力飞出，也不断有嘤嘤的蜜蜂盘旋归来，它们进进出出，总是忙忙碌碌的样子，它们果然是万物生灵中极为勤恳的一群家伙。上百只工蜂攀在洞眼周围的箱体板上，进行高频率的翅膀振动。“那是它们自个儿的电风扇，驱散蜂箱里的热气。”他隔着二层石阶对我说。话语飘到我这边的时候，让我感到一股枯瘦的沧桑。

他坐在石阶上揣摩着一些关于土地的事情，有时也单单为了纳凉而静坐在那里吸烟。盛大的阳光下，蜜蜂在他的头顶上像无数道移动的小彩虹，把一道道虹影投放到他暗黄的白衬衣上。他极爱注视它们飞进飞出忙碌的模样，爱它们当中的几只降落在他的衣领或者手背上。他有时捉来一二只“彩虹”，端详它们粘着花蜜蠕动着的触角或者嚼动着的嘴，他把它们的腹部翻上来用手去抚摸它们的肢体，体察它们的肌理状况。他的手指偶尔被“彩虹”蜇痛，锥痛击透他的整只手指，但他并不慌忙抖落蜇入他手指的那只闹了脾气的蜜蜂，他甚至觉得那是“彩虹”恩赐于他的某种亲吻。他同时痛心那只“彩虹”的死亡，要把蜇入他手指的那根倒刺抽拔出来，“彩虹”的内脏会首先被兜底掏扯出来，他无法直视暴露于他掌心的“彩虹”的内脏，阳光很快将它烘烤至经不住风吹的灰烬。他闻过“彩虹”灰烬的味，咸香，夹杂着花粉的甜。我站立在二层石阶的下端，见他眉眼皱成一道，嘴边飘出“哦哦”的痛吟，我分不清痛和悲伤的成分区别。

蜂房是好多年前搭建的。大概是我父亲——他的大儿子逝世后的第四个年头。

那日下午，也不知他从哪里捉得一只野蜂王。他把蜂王囚在一个小木罐里，说这蜂王可是不可多得的宝贝啊，只要百花开，或许明年就可以产蜜。他佝着上半身，几乎抱着那个小木罐。我一时觉得那是个虚妄的笑话，蜜蜂不是成群才能酿蜜吗?

他很快在老屋的院子里找来了几片厚木板，哧哧哧哧地用锯子截去木板的边边角角，取四十厘米左右的长度。又很快把六片截好的木板拼凑在一起，围着架起来的框架绕了好几圈腰身，左右上下端详平衡，差不多后用铁锤实实地打下钉子。

一间木桶似的蜂房便架在我家老屋的瓦檐下。

他万般谨慎地把那只蜂王送入蜂房，认定那是它的温床。他一辈子也没这么谨慎过。

此后不久的日子里，我便见成群的蜜蜂在老屋周围四处盘旋，嘤嘤嗡嗡，喧闹如同镇上的集市。蜜蜂奇迹般地把我家当成了它们家。听人说，蜜蜂于野外采集百花蜜，归来酿造蜜糖，代表我家将来会有不错的财运。

我家人丁单薄，2010年3月父亲被埋入大地，只剩下我和母亲守家。那时他和三叔同住在村头。我走路都不敢高抬头颅，去到哪里都有默默的哀和冷。我和母亲话也不多，总希望日子过得快一些，让时间发挥作用。

蜜蜂的热闹倒也是一番风景。

母亲关心蜂蜜的产量，她唠叨着或许能卖点钱，还家里的债务。她已经托人打听到县城里蜂蜜的卖价，八十元一斤呢。我则提个矮凳子在家门口的石阶上坐下，像祖父那样仰头凝视它们飞进飞出的样子，猜想它们去到哪个远方的花丛采蜜，是否也可以带我前去。它们嘤嘤嗡嗡的声响有时像父亲的道场，但更多的是调动我对音乐的想法、对热闹的想法和对快乐的想法。我应当从父亲的事件中走出来，转个身去到热闹的世界寻“蜜”，作为刚刚大学毕业的年轻人，我最不应该过早认命而否定自己寻“蜜”的本领。那嘤嘤嗡嗡声，让母亲想到金子，让我想到烂漫的野花和盛大的阳光。倘若我家屋前那棵梨树还没有被砍掉，那些透过天空看似无数道细细密密的移动着的小“彩虹”，肯定缀满它枝头的花蕊，呈现一种美好的力量。

热闹冲淡了我和母亲胸中许多的哀和冷。

我开始明白他的用意。

二

2014年大学毕业后，我在外县的一个偏远乡镇做特岗教师。正值年轻气盛，我急于用成绩证明自己能行。我常常超负荷使用嗓子给学生讲英语课，几年下来声带和喉咙像废掉了一般，隔些时日便哑疼起来。喉咙里好似梗着块拳头大的沙石，难以发出我想要表达的声音，很多发声还没来得及从我的声带里送出去就已经遭遇严重的变形和走位。我甚至担心是某种厉害的疾病而专门请了一天的假，去市医院拍片检查。我害怕像父亲那样，体内藏着猛虎似的疾病，仅半年的时间，蓬勃而倔强的生命就被啃噬得只剩下一副飘摇的骨头，然后从很多相关的人的生命里消失。

“试一试蜂蜜吧，自家蜜蜂产的。”他执意要我尝试。

我很快收到他托过往班车寄来的蜂蜜，用两个五百毫升的娃哈哈矿泉水塑料瓶装的蜂蜜。

蜂蜜在瓶子里透着金黄的温润色泽，在盛大的阳光下，给生命以腾跃的冲动。

我忽然想念那热闹的蜜蜂，它们神奇的创造力使我惊讶。

是的，这是自家的蜂蜜，是那群嘤嘤嗡嗡的蜜蜂培育的蜂蜜。

我拧开那个装满我们家蜂蜜的娃哈哈矿泉水瓶，一股浓烈而醇厚的蜜味瞬间扑进我的鼻孔，我感受到那一份来自他的浓烈的爱和担忧，浑身血脉涌动着一股灼灼的暖流。那股我并不能时时感受到的灼灼暖流，暗含无穷无尽的无法解释的力量，它可能来自仁慈，也可能来自我与他的距离，可能是天降的怀伤，也可能是生命深处因受另一种生命触动而自然奔涌的喜悦。

蜂蜜入了我的嘴里，我小心翼翼地咽送到咽喉，一脉温润而清香的甜蜜在我的咽喉那里，好像是他的一只温暖的手在细细绵绵地按摩，我感到踏实的舒服。

我感激土地、阳光、雨露、水，惊讶于自然万物转化的力量。当日他捕捉那只蜂王，同时捕获了这份转化的力量。等到这份力量成熟，他又千里迢迢捎给他的长孙受用，滋养隔代的血脉和生命。我无意夸大蜜蜂和它们所酿制的蜜的贡献，但我按照他说的"每日泡温开水服下，润润身体再去上课"之后，我的声带和喉咙果然焕发生机。那时加上药物的治疗，我已经能重回课堂，面对那群留守儿童完成每个学期十二个单元的英语单词、句子、语法、段落、作文的解析和教读。我在那个被喀斯特地貌莽荡群山，有茫茫蔗林覆盖，风物一直以寂寥的面貌呈现的乡镇里，领受到他和他的蜜蜂某种穿越时空的旨意。我必须摆脱困厄，精神饱满地好好干下去，带领我所挚爱的孩子们解决那些"Teenage Problems"（青少年问题），收获包括自己在内的"Growing Up"（成长）。

蜜，本来就极甜，而那群蜜蜂精心培育的蜜，必然是镶嵌在生命深处的永不能忘的甜。

他如同它们，热闹的制造者，甜蜜的酿制者。

三

他爱巡山，清点百花百草。

我们家处在群山的夹缝里，山群挤满了我们的视野，够他巡一辈子了。但他只爱巡生长花树的山，我家的蜜蜂需要从山上的花朵那里汲取花蜜。花树和花是蜜蜂的命。

他要守住那份转化的力量。

吱呀，我推开老屋的木门。黑洞洞的堂屋并无他的身影和声响，我喊了喊他，也没有得到咳嗽式的答复。我很害怕这样的死寂。我出了门去，走过一些杂草丛生、蚱蜢翻飞的田地，绕过几棵老木棉，以及木棉树下几座新的旧的坟墓，在离村庄六七百米远的鸡冠山的山脚下，果然瞄见他在山中蜗牛般移动的一抹影子。这座长得有点像公鸡冠的山，是他常巡的山。

我在山脚下徘徊，满山的烂漫野花，满山的蜜蜂嗡嗡作响。父亲也葬在这座山的山脚下，他的坟经年风化，“馒头”几乎没入大地的肠胃。我站在远处盘算着年份，我和祖父还要等上漫长的两年才能按照壮族的习俗给父亲“捡金”迁坟，到时由族人用锄头和铲子刨开“馒头”肚，再由我背着父亲的白骨行走一二里路到另一座山上另起“馒头”，将白骨按人的完整骨架次序叠放进陶罐，最后将陶罐送入“馒头”掩埋，完成最隆重的见面和离别。把大坟转成小坟，将新坟变成老坟，那流着血液的伤口也将愈合成伤疤，要知道伤疤是不痛的，只是经常瘙痒。壮族人化解悲伤的方式如同熬药膏，熬制的过程虽显复杂，但对心疾有很好的疗愈效果。我又一次希望时间过得快些。

我并不能时时望见他那抹影子，那抹影子常常淹没于耸立的巨石间，且我要等上好长一段时间，才能重新望见影子从某一暗处腾出。山体之中，他渺小得如同他的蜜蜂，只不过他不会飞。

他或许在用那两只粗糙的“川”字大手抚摸那些花朵，注视蜜蜂匍匐于花朵踽踽采蜜的姿态。他试图辨别哪只蜜蜂是自家飞来的，通过体态的大小、羽翼的光泽、飞行的方向，甚至是脾气的急缓。敏锐的洞察力使他对蜜蜂种群的差异性了如指掌。

南疆（本书均指祖国南部边疆地区）喀斯特地貌群山盛产蛤蚧。在他那抹影子的方向上，我听到崖壁之上蛤蚧啊喔啊喔地叫，这声音在这旷野之中显得惨淡，并不能使我感到愉悦。还有一些蝉，它们的声响被午后的霞光一寸一寸地围拢，完全有了偃旗息鼓的意思。我礼敬那些纯粹的生命，或许山那边的他也正在捕获纯粹。他早已习惯山谷之中这样的孤独，也早已习惯山谷之中这样的热闹，多年以来我们并没有干涉这样的纯粹。

我渐渐明白，以往我们以“人”自居而把自尊这样的东西无穷放大，把那些小生命看成“卑微”。我们不知道那些小生命其实可以进入一个人的灵魂，产生生命与生命之间的精神交集，帮助我们完成许多我们完成不了的交待。我不易做到的对他的精神关照，蜜蜂以卑微、轻盈、热闹的方式进入他的灵魂完成抚慰，这多么的不可思议啊！

他同时关心天气，在山谷中与蜜蜂打交道那么多年，他已经掌握以投射到崖壁上太阳光线的腾挪，以山中水汽的轻重来判断日出和日落的缓急，以及四季的轮转。他躯体之内藏着许多自然的密码。

他早年在这座山上种植一片竹林和一小片柠檬林，在每年的春秋两季以山为乐殿，早上提把柴刀和一卷蛇皮袋出门，落暮时扛一袋竹笋或柠檬回到家中，蛇皮袋里偶尔装有两三斤山药。我家堂屋每年都会堆满竹笋和柠檬，鲜笋和鲜柠檬的香味从堂屋开始飘满整个灵屯，调动和培育整个灵屯里的人饮食上特殊的胃欲。此刻想起他的柠檬，我的味觉很快抵达柠檬酸，口舌可以拧出不少的津液。上初中的时候，他领我爬上这座山收割春笋，一条青竹蛇在我们头顶的竹枝上翻卷着细长的躯体，后来山上刮了一阵急急的风把蛇吹落，蛇砰的一声重重地坠落在我身边的地面上。我看着那团发着绿光的绞动着的躯体，以为碰上了山中怪灵而吓得脸色苍白。我和他先用竹枝鞭打它的七寸，再用锄头将它的头颅砍断埋入深土，挑着它的躯体抛下悬崖，喂饱天上急急觅食的鹰，那只鹰捉过我家好几只鸡仔。我们本无杀生的恶性，只是想到它以后还会蛰居在竹林里造成威胁，想到它的剧毒和关于它的寓言，便联手杀害了它。

他有时会跟我们说猎蜜人。山上有一些野生蜜蜂窝，到了采蜜的季节，会出现一群猎蜜人在山脚下使用望远镜极目搜寻野蜂窝。他们背着麻绳、钢钎爬上高高的崖壁，进行毁灭式猎取。他巡山的时候常常发现高高的树木被砍断，石洞被炸开，一窝又一窝的蜂蜜被端走，如同自个儿的心脏被人捅了刀子。后来他在山上眺见猎蜜人的踪影，心有块垒而骂骂咧咧。山下的猎蜜人以为他是个疯掉的糟老头，并不买他的账。以往我在山脚下徘徊，与他相隔一山之远，他有时误以为我是猎蜜人。

“公啊——”我挥舞着手臂，向他高声大喊。

他的耳朵好像听到了我的呼喊，又好像听不见，他迟疑了一会儿，从高处往下望到我的模样，而后“哦”了一声，说：“我这就下去。”那抹影子从高处往低处一寸一寸地移动。

他知道我们从城里回来看望他。

夜晚的餐桌上，他定谈到猎蜜人，然后一个人抽着烟骂。谈到竹林和柠檬林，对当年竹笋和柠檬的卖价抱怨，嫌弃顾客太少也太挑剔。有时他也会假装答应我们，去到县城和三叔同住。

四

2018年9月，台风“山竹”抵达南疆地区的前几日，电信运营商把关于台风的短信发到手机上，提醒民众做好安全防范。新闻也称这场台风势头很猛，可能引发山洪和泥石流。

我一直以为山竹是酸酸甜甜的水果，气象学家怎么会把台风的灾难意象放在山竹身上呢?

我并没有把“山竹”这头猛兽放在心上，认为天地很快就会把它一口吃掉。

可那日我刚刚吃过晚饭，大风过后就急急下起了一场斜斜的雨，风雨突然像被激怒的人那样狂轰乱泄，城市陷入了混乱的迷蒙中。

我猛地抽了一下神经，被一道“闪电”鞭击内心：老家的蜂窝!

我不知道接下来要给谁打电话，以及要做什么。我被迫退到了屋子里。闪电在远远的夜空里好像在击穿什么东西，而把灼灼的亮光闪到客厅的玻璃窗上，透亮了整个客厅。我害怕在这样的夜晚失去老屋和那一窝蜜蜂，害怕一位老人失去寄托。

老屋四面的石头墙已经出现大而深的裂缝，那些支撑起整个房屋的木梁爬满虫蛀的窟窿。很多下雨的日子，我的脑际总浮现它承受不住暴雨的袭击而轰然倒塌的败象。假若老屋真的倒塌了，蜂窝里的那些可爱的生命将不复存在。而他的脾性我是知道的，他多半会在这样的夜晚，冒着风雨雷电爬上老屋抢救蜂窝。内心对自然的恐惧，占据了我的整座身躯及灵魂，并且恐惧一直放大。我甚至呼唤天上的父亲，以神灵的名义护佑那座老屋，保住他的性命和蜂窝的性命。

此刻我应当奔驰在回老家的路上的，然而上百公里的距离和肆虐的风雨雷电，在我的面前竖起来了一堵厚厚的炸不开的墙。

“山竹”把我对他和蜂窝的挂念拧成一股巨大的痛苦，

我无法救赎这样的痛苦。

老家灵屯在桂西南一带，我站在高高的山顶上望下去，村子在眼皮底下像一个不大的罐子。这个罐子里曾经盛满了房屋、稻田、牛羊，溢满炊烟的意趣，现在这个罐子的内里被挖空，已经不能呈现多少人物走动的情景。葎草等从山脚疯狂包抄田野、路面和墙角，爬上许多房屋的石头阶梯，仿佛时间深处的一场无人收拾的车祸，现场依稀狼藉，而肇事者难觅踪影，或者根本没有肇事者。

乡人迁到城市工作和生活这么多年，在时间和空间的演变关系里，早早将灵屯老家的山脉、土地、房屋抛诸脑后。我和母亲、二叔、三叔费尽心思在城市里扎根发展，绝大多数记忆的触须已经从土地那里抽离。老家那些位于村头村尾的土地，其早年的标记线已经荡然无存。假若我在城市里实在挣不到一口饭、争不得一口气，要我重返灵屯老家发展土地，首先我根本识辨不出哪些田地是属于我们家的，一些田地或许是，又或许不是，或许谁家的也不是了。

关于土地，唯有他一人能清楚明白。

他独自一人在老屋。他在老家给父亲制造热闹。

后来，他扛了一麻袋的山货到县城三叔家。他把麻袋摊在瓷砖地上，敦肥的山货露出浑圆的黑褐色的臀。

他去了卫生间冲洗他的裤脚，他没有听到我提高了分贝的声音。他像只歪了耳朵的猫。

沟壑在他黝黑的脸庞上凹得很深，岁月在绊住他日渐枯瘪的脚。他从沙发前面走过，刮起一阵小小的风，整个单薄的身躯摇摇晃晃，一只动物的步伐都显得比他稳重得多。这位早年进过工厂、贩过牛、做过建筑工，一心想要造蜜但在惶惶的失落中寡淡度日的苍苍老者，开始变得越来越沉默，抽烟也越来越凶猛，一天要两包。后来，他渐渐失聪，说的言语磕磕巴巴。与之交流，一句话的事通常要反反复复冲着他耳朵喊，他才“哦哦”地明白意思。

从卫生间出来后，他重新提了提裤脚，蹦出一些细碎断裂的语言。我快速把那些语言重新组合，才知道他给老屋门前自留地割了草，加固了蜂箱，拆掉侧屋已经腐烂的木门，换了副同样是木板拼凑的门……

感谢他能平安！

我以为他能多住几日，可他裂开的嘴巴又蹦出几片断裂的话语，“瓦片修补”“砍树木”“梯子”“请帮工”等。我知道他又要返回老家，请一些人去砍一些树木，稳固屋内的木梁，用梯子爬上屋顶修补瓦片。

我并不打算劝他。相互之间我们都了解各自的脾气。他和城市的交集永远是刹那，如同流星划过天空，留下一抹淡淡的痕迹。

我送他去到一个名叫“蓝威龙”的站点，一路上也没有多说一句话。

到了等车的地方，他跳了下去，拍拍车身，示意我打开后备箱，他要那只装山货的麻袋，然后提提嗓子喊了一声：“回吧。”

他要穿过县城的马路，车并不多，但回村子的班车已经启动发动机，他便小步奔跑过去。

他要回他的“国”。在下一场台风到来之前，保住老屋和蜂窝。

我开车离开，也不知道他是否上了车，假如我的后背能长着一双眼睛，我是可以睁大眼睛目送他的。

那是一个相对封闭的“国”，离县城五十多公里，离我居住的市区一百六十公里。

一座村庄，一间快要坍塌的土屋，一窝嗡嗡作响的蜜蜂，以及视域所见的喀斯特地貌莽荡群山。祖父既孤独又热闹。

蜜蜂每天从房檐下的蜂箱飞出，去到山谷之中采蜜。祖父早早起来，跟着出门去，到山谷之中清点百花。他等候蜜蜂采足了蜜从山谷中飞回房檐下的蜂箱，便跟着蜜蜂回到老屋，一个人坐在房檐下门前的石阶上抽烟。

太阳每日从山的肩膀处攀爬，又从山的脊背处跌落。在祖父的那个“国度”里，生命把孤独感拉得很长很长，鸡冠山也把影子拉得很长很长，他抽象的孤独落到了影子的具象上面。影子该是具象的吧，反正我看得清清楚楚。那些蜜蜂，那些昆虫，降落在祖父的手腕上撩动触角，像在体察祖父的呼吸和脉搏，或者在祖父的额头上驻足翘首，观望天空以明确蜜的方向。蜜蜂甚至钻进祖父的衣袖里，拨动他生命久久暗含着的喜悦。

是的，在那个“国”里，孤独和喜悦缠绕交织。

那趟没有多少人乘坐，快要经营不下去的回村班车，正在挪动它锈迹斑斑的身躯往后走，像一只千足虫奔向一片落叶。我驾驶着我的车往市区的热闹生活里冲。我们在一条线上往相反的方向奔走。时间确实拥有同一个源头，可它常常像河流遇见岛，它的脉络总要分道而行，何时再相遇就要看两条脉络互相牵引的力量了。我在车里默默地想，总不能到了大海那里才能再次相遇吧，那时谁也不记得谁，大海那么大。

我仿佛看到千百只蜜蜂在我的头顶上空飞来飞去，如同他轻盈的灵魂，灵魂嘤嘤嗡嗡地说，尊重来自个体生命的一次意象迂回。

我说，好的，替我照顾他，让他剥离孤独。

（发表于《民族文学》2020 年第 7 期）

舞台、商场及原野

舞台

舞台是水上舞台。

数百名观众围在舞台下观看舞台上的表演。我被挤在人群之中，浑身被挤出酸溜溜的汗臭，双脚几乎被架空成一对悬挂的火腿。

在舞台上演的是一个王带领七八个武士与河妖抗衡的故事。王轩昂立于圆形舞台正中央，武士在四面转圈奔跑，随后迅速向王靠拢，跳着蛙形舞，用手将王托举至半空。王集权力与巫气于一身，披着粗布风衣，身材魁梧奇伟，背负着黎民百姓的期盼。王将长杖刺向天空，使出一个霹雳打雷的动作，引来闪电震慑河妖。

王面露凶色，鼓着嘴巴向河妖喷出熊熊大火。我身旁有一个扎着辫子的小女孩，她被吓得发愣，忽然回过身来埋进妈妈温暖的怀抱。妈妈立即用手捂住她的头，说不怕不怕。小女孩却又转身将目光重新投向舞台，欢快地指着舞台上的王说："妈妈，妖怪！妖怪！"小女孩与我当年一样，分不清谁是好人，谁是坏人。

河妖掀起巨浪，鬼一样狰狞的头部浮出水面，张开血盆大口，欲吞没过往船只游人。王再次将长杖刺向高空，几道闪电劈入河妖嶙峋的脑门，河妖遁入水里。

这是流传于当地民间的一则传说故事。据说，这只是其中的一个剧情，往下的剧情还包括一对阿哥阿妹在王的庇佑下喜结连理，产下哭声洪亮的婴儿，打开鲜活的人间幕布。

舞台表演是热闹的，可我爱往热闹里挤，爱舞台上漫卷的烟火，爱人间的传奇故事。有时候半夜做噩梦醒来，觉得人好不容易活着，我不能把自己往孤独和寂寞里赶，过着牢狱式的生活。一个人随时都可以在菜市、大街、商城瞎逛，在街边餐馆、火锅店、烧烤摊就餐，在红白喜事的席间喧哗或悲恸，才算握住最具烟火味的生活。

我真切需要这样的热闹，白天帮助我度过昏昏沉沉的日常，夜晚助我抚平纷乱如麻的思绪。我看见除了小女孩之外，人们在舞台底下挨挨挤挤，他们和我一样，都在伸着脖子向舞台索取故事。我们立起脚尖，睁大双眸，绷紧着脸皮，呈现生命的每一处寂寞、惶惑和饥渴。我们大都过着黑白色的日常，那些具有饱满色彩的日常，需要我们出门去寻找，去到舞台，去到野外，去到海平面，去到高峰，去到丛林，去到人群，去到荒地，去到梦境，去到意识的边缘地带……

我们害怕孤独，极度渴望热闹。我知道我刚出生之时，肯定热热闹闹地哭过，向世界宣告生命的开端；在二三十岁的年纪，我奔赴一场热热闹闹的婚礼，开始走向人生的拐点；外祖母逝世的那一天，我看到一群人围在她的躯体周围热热闹闹地哭。人生的每个阶段都是舞台，它上演我们的出生、婚姻、死亡，以及善恶、美丑。它是如此贴近我们的一生。而我们一贯以为幽静是审美场域，更多的时候不愿意接纳热闹，认为热闹是俗气，是吵闹，是打搅，它破坏了美的氛围。

我和瑾已步入而立之年，然而我们的婚礼迟迟没有办成，母亲很着急，她已连续三年催着我和瑾办酒。父亲逝世后，母亲寡妇的“身份”使她在村里抬不起头，她需要我和瑾的婚礼来证明她这一生是热闹的，而非沉寂的，因为她培养了这么出色的儿子——她曾经向村里的人炫耀她的儿子在某某单位担任重要职务。她还分别从大姑、大伯那里借来几万块钱，把老家的房屋装修了一番，体体面面地用来做我和瑾在农村的婚房。我们的婚礼能扫荡她过去十二年所受的委屈，成为她人生大放异彩的舞台，然而疫情没结束，我和瑾就没办法办酒。后来我想用折中的办法，提议简单办，只请几桌亲戚到场。母亲说，那怎么成？几桌人，那还叫办酒吗？

民间需要故事传说，落实到具体生命个体，则需要热闹。母亲年近六十，守寡十余年，我知道我终究拗不过她，她和那个小女孩一样，有向舞台索取热闹的权利。

商场

裹着浑身的汗臭味，夹着似散未散的烟味，我从人群中抽身离去，走上二楼的民宿房间。

离开餐桌时，还有半杯白酒立在我面前，一颗炒熟的花生米掉落在杯里，浮起一层泛光的油花。从下午四点喝到现在晚上十点多，我实在喝不动了。

民宿就在景区里头，设置了三十九间房，是睿哥呕心沥血经营的投资。我们连续两天在楼下的餐馆聚会，吃遍了他家几位烧菜师傅的拿手本地菜，酸粥鸭、芋头扣肉、白切猪手、牛尾巴汤、青竹鱼生……这会儿，几位文友还在餐馆包厢里饮酒，他们谈小说的开头与结尾，影视中的情节表现，哲学与宗教信仰，女人和女性主义。他们借助酒精的作用，涨红着脸面极力构想自己的故事，出现不同观点时，氛围甚至转变成“耳赤的争论”，谁也不服谁。我从楼梯往下瞄一眼，看见睿哥坐在他们中的 C 位，忙着递酒点烟。

我很后悔喝下那么多的酒水。我知道第二天我会起得很晚，然后早餐和中餐一起将就着吃，喝点粥水解酒。

睿哥经营的民宿和餐馆，其时经历急流险滩。景区里的另一头设置了舞台，每天晚上都进行舞蹈表演，热热闹闹的，他这头的民宿和餐馆却出奇地冷清，生意全靠我们这些朋友关照。睿哥忍着没有和我们吐露他的艰难，只是在朋友圈里发些明暗交织的“说说”：

“做自己内行的事，外行的学费很贵。”（1月22日）

“山雨欲来风满楼。”这是唐代诗人许浑诗作《咸阳城东楼》中的名句。睿哥给这条“说说”配了一张衰败后的木槿花图。我见过木槿花，他家民宿墙沿就种有一排，只是图片上的木槿花花体软塌塌的，令人陷入暗黄的恐慌。

“咬牙再坚持。牙却要疼起来，深夜无眠。”（4月17日）

我们早已洞穿睿哥的慌乱、艰难、迷惘、疼痛，想到他胸中万状情绪，就像密闭容器里的蛊虫，纠缠着、撕咬着、扭拧着。后来得知他苦心经营的民宿和餐馆，是他与几位兄弟合作投资的项目，那几位兄弟开会选他做经理，他一人的成败牵扯到兄弟们的兴衰，因此他如履薄冰，长时间陷入失眠和恐慌的状态。此前睿哥有一份很不错的体制内工作，养活自己不成问题。

我的思绪像一块幕布，有时飘去很远的地方，有时又飘回头顶上悬着的灯那里，它并不能气定神闲地停靠在某一件事情上。或许电灯通了电才会发光，人生通了运才能发光吧。

房间摆放着一张书桌和一张椅子，书桌往外是一扇镂空格子的木窗。木窗是打开着的，它朝着清幽冷峻的明江。江水在夜幕笼罩之下，弥漫着神秘幽远的气息。星星在幻境似的天宇闪烁，我靠着窗户坐在实木圈椅上闭目，短视频平台上“深空探索”的内容忽然萦绕在脑子里：“我是旅行者1号，我在太空中孤独旅行45年，这一走就是229.8亿公里。我在无边的黑暗里见过木星的宏伟，也见过土星的耀眼，我已经接近太阳系的边缘，可以肯定的是，这是我最后一次和你们道别。我的旅程偏离了航道，从此飞向幽深黑暗的未知，还记得我给你们看的最后一张相片吗？照片上0.12像素的蓝色小点就是你们生活的地方。”我想趁着酒劲，把旅行者1号的这段告白念给睿哥听，或者编成一条信息，在他朋友圈“说说”的下方发表评论。然而这段配上电影《泰坦尼克号》主题曲《我心永恒》的告白，虽内透“渺小”和“卑微”的真理，却表现出强烈的悲观主义色调。

我能做什么呢？什么也不能。

他的“说说”，我并没有评论，商场是他的战场，他必须走过这段深邃的黑暗。

原野

当《清明上河图》这样的长卷铺展在眼前，我通常极尽想象，把自己当成里头忍饥挨饿的落榜书生，穿过汴京城最热闹的街道、商铺、人群，蹚过此起彼伏的叫卖声，走上横跨汴水的虹桥，孤零零去到人迹稀疏的郊野——汴京城最边缘的地带。至于去到郊野做什么，我也没有一个很好的打算，汴京城的郊野能让我自由散漫起来，不必接受来自现实的监视。

伫立于郊野春光，水雾漫卷，万物复苏，卑微的人拥有生命里的饱满气力，困厄的人实现心境上的清明豁达。

教外国文学的老师把我的这种情怀归到逃避型人格。她摆出美国记者舒尔茨（普利策奖得主）批判《瓦尔登湖》的例子，认为梭罗身上沾满伪善、厌世、自恋。我并不接纳她对我的看法，原因是我非常讨厌把一个人在情感驱动之下好不容易培育出的审美倾向放到道德的层面去烟熏火燎。就好比一个上了初中的男孩子开始对女性的乳房充满想象，表现出发育状态下的正常心理，作为母亲却站在男孩子的面前大声训斥："那个东西很污很龌龊。"那次交谈后，我担心我的老师看过诸多西方的文学评论著作后，对中国文学艺术最核心的内容丧失自己的判断。

我爱原野。我无法拒绝原野对我的召唤。倘若一周不去一趟原野，我会坐立不安。

那日我和瑾驱车六十多公里，去到市外的峙内水库露营垂钓。水库落在数十座山的夹缝里，水面很像透亮的蓝宝石的断面，也像清澈的孩童的眼眸。水库中间有座长满了灌木丛的孤岛。我和瑾刚把车停在坝头，管理员就迎上来，递了一张微信收款二维码到我们面前，说露营六十元，钓费六十元，总共一百二十元。他身材粗矮，戴一顶暗黄色的草编遮阳帽。遮阳帽下面是他被太阳晒黑的圆脸。他身后有一间用木板拼架起来的简陋屋棚，屋棚只能挡风，雨要是下得大，会浇渗进去。那是他蛰居此地的居所。周边没有村子，没有人间烟火，只有崎岖延绵的山峡，他一个人白天黑夜地守着，正在过着梭罗在瓦尔登湖捕鱼的生活。但他是否伪善、厌世、自恋，是否想逃离这个地方去到市区生活？他和梭罗有本质上的区别。

我跟他说没问题，并指着水库中央的岛，向他提出想去岛上扎营的请求。

“我划竹筏送你们过去，但要加二十元人工费。”他吧嗒着吸一口烟，黝黑的脸犹豫了片刻，随后扔掉烟蒂。

“离开之前把垃圾带走。”他同时向我们提出保护环境注意卫生的要求。

我和瑾还在竹筏上漂时，蓦地发现对岸山脚下栖息着一群白鹭。我们能看见它们曲着修长的脖子，头往洁白的后腰埋去，用铁色长喙梳理身上的羽毛。它们如同偶然落入凡间的云，缥缈如雾，也如女子身上的轻纱，轻柔如肌。

我已经多年没有遇到白鹭。年少时见到白鹭在刚耕种过的水稻田里觅食黄鳝，我极为顽皮，握着一块石子朝白鹭远远打去，对白鹭没有半点敬畏之心。我只担心它们衔走祖母刚撒下的谷种。

白鹭并不挨着栖息，它们栖息在不同的灌木丛，或同一株灌木的不同枝丫层。它们执着于孤僻，迷恋私人空间。忽有七八只白鹭呱呱叫了几下，蓦地从栖息的枝丫飞出来，如舞蹈学院的女子一般，整好了衣装，理好了头发，这会儿成群结队去参加露天舞会。它们在空中排成“V”字形阵仗，于山谷之中向东翻飞，后又向南回旋。我的头脑里只有它们娴静的模样，这样的感觉奇妙得很。倘若我也变成一只白鹭，仅以一只白鹭的意识，存活在这样特定的时间和空间里，那么我会不会获得最高尚的文明、最广阔的自由？

我有想过去到对面的山脚，也就是白鹭的栖息地，去那头扎营垂钓。我完全可以将这个想法付诸实施，因为只要我回到刚才登岸的地方，冲着那破落的屋棚喊，那位黝黑肤色的管理员就会把竹筏划过来。我和瑾会和他商量价钱，请他将我们渡到对面山脚。等去到那头扎帐篷，我就可以像管理员那样，掌管山脚下的大片水域，而轻盈的白鹭就此栖息在我们头顶上的枝丫——只要它们不嫌弃我们这对刚刚从城市逃出来的夫妻“邻居”。我仰头对白鹭说心里话：“我们需要在枝丫间栖息的本领。”

我盯着白鹭出神的时候，一只马陆经过瑾的脚跟。她忽然大叫一声，又突然伸出脚去，用鞋底将它戳压在草地上。那只马陆的外形像蜈蚣，只是比蜈蚣的个头要瘦小得多。它背部黝黑油亮，腹下长出密密的足，比蜈蚣的足要多得多。它在低矮的草丛中穿行，似乎要赶着去某个神秘地方。

它几乎被压成肉酱，瘫死在地上一动不动，连尸体都不得以保全。我的鼻腔甚至闻到一股腐肉的味道，被熏得酸溜溜的。

“它要钻进我裤脚！”瑾的脸上冒出豆大的汗珠。其实她的裤脚与那只马陆有十厘米左右的距离。

瑾一直很喜欢动物。她养过一只黑白相间的兔子“巴巴”。巴巴养在我们家有大半年，她好吃好喝伺候着，后来被一只突然挣脱拴绳的金毛犬咬到脖颈，头颅瞬间垂下来。她一边用手捂着兔子的头颅，一边转过身来厉声指责遛狗的肥胖女主人，眼泪从她眼里奔了出来。她把兔子装进一个纸箱，让我跑去城乡接合部的一个菜市买来一把锄头，驱车二十多公里去到一条河的岸边将其掩埋。她还养过三只从农村带来的猫仔和一只葱绿色鹦鹉，猫仔因为不适应城市生活环境纷纷从门缝中逃走，鹦鹉一直养在木色的吊笼里，她早上、中午和傍晚都在逗鹦鹉学问候语。我绝不相信她有杀戮之心，只是马陆乍一看真像只长腿蜈蚣，蜈蚣有毒，内心的恐惧促使她本能自卫。人与动物无异，都是鲜活的生命，都有恐惧的时候。

她的失声叫喊，没有惊吓到灌木丛上的白鹭。白鹭还在优雅地使用长喙梳理羽毛，享受幽闭的秘密，迷恋孤僻的性格。我能想象，优秀的摄影家只能躲在隐秘的芦苇丛或灌木丛里，忍受蚊子和蚂蚁的叮咬，借助长焦镜头才能欣赏到它们孤傲的身躯。

（发表于《美文》2023 年第 4 期）

父亲的花事

2017年，我们搬进了崇左市区的新家。女人说还贷的日子过得实在艰难，生活总过得太委屈，要在阳台上搭花架子种点花养养精气神。我问她能种点什么花，她说三角梅、芍药、虎皮兰等。

我关心的几种花，并不在她罗列的范围内。事实上，她没有见过我的父亲，我也不好说要种什么花。

梨花

刚过完元宵节不久，父亲就指着屋角的梨树说，等到梨花变成拳头大的梨果的时候，挣不挣到钱爸爸都会回来。我顺着他的目光望去，满树才有零星几朵含苞的梨花，在赤裸的枝条上无声无息。而除了那几朵梨花，还有细细的雨丝降落在我家瓦房上。

我才八九岁的模样，大概是上了小学二三年级。

母亲在火塘上弄出锅盆哐当哐当的碰撞声响，她在赶着烧一大锅热水，说要杀鸭。父亲唤我到他跟前说，快去，去请爷爷奶奶来家里吃饭，顺便和爷爷说要十二支香。我领了命出了门去，绕过梨树，有几片梨花落在我的肩上。我往祖父家奔跑，总觉得这是一件令人欢快的事。

我家牲畜圈里仅有一只鸭子，肥肥圆圆的足有七斤重，它高擎着头颇呱呱叫。我和父亲去捉它时，它以为我们是带了口粮给它充饥，它跳着振了几次翅膀，根本不把我和父亲以及父亲手上的麻绳当一回事。我们摸着麻绳去绑它的双脚，它熬过了春节却熬不过这一夜。后来它静止的躯体，和近旁的它的一摊血，在我家堂屋里显得弥足珍贵，它的死亡照映着父亲的出发。

鸭子死了。梨花开始十朵、二十朵地冒出枝头，直至春雷轰隆隆滚动，我从某个睡梦中醒来，忽地发现它们白柔柔地挂满了整棵树。那日早晨，我要绕过梨树去侧屋小解，一顶巨大的白着实吓了我一跳，我回过神来，才在心里认出那是自家的梨花。哦，它侵占房顶半边天，像遮天的白的幕布，也像散开的静止的瀑布，没有声响，没有眉来眼去，没有瑕疵。天际明灭交汇，恍惚间，朦朦胧胧的，我并未觉得父亲已去了广东，他只是去砍柴，或者下地干活，再或者是去野外捕捉鲶鱼……

我家的钨丝灯，连接村头水坝那台轮转着的发电机。发电机早在我出生前就已经安装在坝角，它的动力明显不足，但仍气若游丝地承担起全屯的用电。我家钨丝灯一明一暗地闪着，当晚的餐桌昏昏暗暗，祖父捅了捅我的胳膊骂我混蛋小子，餐桌上只顾着吞灭鸭肉，他让我夹块肥美的鸭肉给即将远行的父亲。我肯定夹中了那块厚厚的鸭屁股肉给父亲，父亲嚼在嘴里说真香，混蛋小子懂得孝顺他爸，母亲、祖父、祖母突然间哄堂大笑起来。父亲漫天谈论去广东打工的好景，他进工厂后会接到什么样的活，一个月一个月地盘算能存多少钱，工厂里的伙食肯定比家里的还好，有黑白电视机和光碟，霍元甲可以以一当百、杀敌无数。对于父亲的话，我总是一知半解。我只是迷迷糊糊地听，广东是在哪个山坳的方向，离家究竟有多少亩地远，于我一概是谜团。

我很多次在学校里当着很多同学的面说全屯仅我一家有梨树梨花，且梨花开得茂盛惊人，要邀请他们来到我家捡梨花花瓣。我们把雪白的花瓣藏在透明玻璃瓶子里说是酿酒，或者将它沉入村头的河流中说是喂泥鳅，再者，削一些竹签将上百瓣花瓣串起，挥动着在村巷子里不停地奔跑。

我遭到母亲劈头盖脸地骂。也莫名其妙地，我玩累了的时候，突然想起那十二支香的事情。当夜父亲要赶在黎明前出门搭车，母亲将我从睡梦中拽起，命令我以极其虔诚之心点燃那十二支香，然后插在屋里屋外各处的香炉或墙角缝里。母亲劈头盖脸的骂是对的，我越发觉得我家房顶上的梨花再也不能那样遭受我的践踏了，那硕大而光洁的白，莫不是观音娘娘遣下的祥云，冥冥之中护佑我父亲的远行？

这样想着，我再也不敢去糟蹋梨花了，而转为抬头仰望和日日守护，有人和牲畜路过梨树下时，我万般怜悯和疼爱梨花的洁白之躯，因为他们的脚掌和铁蹄通常胡作非为。

梨花一瓣一瓣地落下，漫天飞舞，树上浓白变浅白。最后满地雪白，所有的枝条开始生发绿意，嗡嗡如雷的蜜蜂也了无踪迹，喧闹归于寂静。

父亲骗我。

日子一天一天地过去，春天很快变成了秋天，天边残霞如卷，我家房顶上金灿灿的梨果压低了枝头。

他仍未归来。

金樱花

金樱花要了我的眼泪，簌簌地流。

金樱花的花瓣呈白色，大多五瓣结成一朵，较宽，倒卵形，外端微凹。五枚花瓣的中央，是它粉黄的蕊，呈放射绒毛状。它的花期为4~6个月，每年的季春时节（即农历三月三正当扫墓踏青时）饱满盛放。

金樱花独爱我父亲的墓地，在近旁的一棵二丈高的灌木上攀援，朵朵洁白，微微向父亲的方向探头。

父亲在世时独爱上山砍柴，想必也常见金樱花，或者，金樱花是他最爱的花种也极有可能。不然，这些花朵怎会毫无保留地将所有的美丽倾诉与父亲呢？我站在了父亲和那棵灌木的中间，稍稍仰头凝望，细细的雨丝浸润我的额头，金樱花只是缄默着，在整个山体灌木绿的中间是绝美的存在。后来我在雨中站立得久了，身上的衣物也开始潮湿，金樱花仍不向我透露一句关于父亲的话，而我想父亲想得紧，实在想要从金樱花的花语上得到父亲的旨意。但哪怕是微风从远处幽幽的山坳处踱来，它们仍旧不动，不语，不摇摆……

二十世纪八九十年代，煤气的使用尚未普及山沟里的人家。父亲的衣物多为上山砍柴时常穿的破旧衣物，然而他在高山悬崖上常被花草林木濡染，身上总透着一股幽幽的高山百草香味。我被架在他肩头上的童年最是受益，我如今稍能握住点闲暇便要逃离城市去野外寻山的性情，大概是父亲在那时候埋下的伏笔。

父亲的面孔不方不圆，我以为是恰到好处的瓜子脸，他的两只瞳孔透着英气的光亮，很容易使一个颓废的人振作精神。还有他的胡茬，和他的头发一样浓密坚挺，常刺得我的脖颈生疼，比别人的胡茬厉害得多。

是的，父亲是砍柴能手，他早上熬一锅稀粥装在腰间葫芦似的铝盒里，便咣当咣当出门去。我下午放学回家，便见他披着暮色和柴捆归来，我向他的那一团身躯大喊：“爸爸，好健硕的柴条啊！”这时，他会露出完满的笑容，伸出他的大手握住我的小手往家里赶。我在父亲和柴捆的中间踉跄前行，父亲的步伐总是很带劲，很有力量，我很少有跌倒的时候。他有时会和我说：“妈妈该煮好饭菜了，走，我们走快点哈，别让妈妈先吃光了菜盆。”

父亲把砍来的高山柴把码得整整齐齐，沿着我家的石头墙壁一字排开，久而久之，便成了极为壮观的另一堵长长的墙。我家在路边，很多村里的人来往过路，说我的父亲很了不起——“给家里筑起了两道城墙”，我亲眼见过他们赞叹的表情和渴羡的目光。然而，有时他们在我父亲出门砍柴去时，顺手抽走一二条、三四条又粗又壮的柴条，那些柴条大概能烧一二餐饭呢。我在我家镂空的铁窗上看得一清二楚，但我怕父亲和他们打架，又不敢告知父亲是谁偷走了柴条，这成了我童年的烦恼。

父亲还会犁地，会养鸡鸭，会开小四轮拉铁矿石，而且样样技术一流，技能比他人高出许多，一个人解决了我和妹妹在外求学的路费、学费、生活费。

这样强大的父亲，怎会被癌症吞灭了呢！并且，他在世时从未和我说起过金樱花。

如今金樱花开得这样的热烈，在我的额头上空挂满了整棵灌木。我忍不住伸一只手摘下一朵放近鼻孔，是的，香味像极了我父亲的体香，我最终认定父亲肯定也极爱金樱花。

金樱花生长在我父亲的坟墓边上，这一切并非巧合。

我把花朵放在张开的手掌上，洁白之躯突然向我的内心袭来，生命勃然的气息纯粹的气息，向我传导关乎生命的意志，也即父亲的意志。在我颠沛流离、想不通漂泊是何物的时候，灵魂里冒出两个极为有分量的字——活着。父亲在与癌症作抗争时，他挣扎的双手也是紧握着这两个字的啊！他在我的胸口大口大口地呕吐，痰里融有厚厚的血丝，昏黄灯光下他的眼眸和神色是渴盼第二天的光明的，那渴望有如明亮的闪电。

金樱花定是那光明的象征，力量的象征！

稻花

强壮的父亲，虎胆的父亲，轩昂的父亲，被广东击退回来。

他并没有带回一麻袋的钱，以解决我和妹妹上初中、高中的学杂费问题。他说广东到处是工厂，也到处是拼了命打工挣钱的人，大批大批的人都涌了去，五金厂、绣花厂、塑料厂、钟表厂……遍地都是，遍地都是金子。

父亲回家乡后，稻花的香气灌进了父亲的肺腑。

父亲卷起裤脚的双脚总被一层黑腻的稻田泥水覆盖，他的小腿肚上不时有蚂蟥吸附。我常向他惊呼“有蚂蟥”，他才不紧不慢地吐了吐口水在中指上，摸着腿肚去涂抹蚂蟥吸附的位置，或者在地上四处挑块小石头用力刮了去，全然不知那一二只蚂蟥的大腹中已全是他的血液。

那十几年间，家里的粮食年年满仓，堂屋里里外外都是撑满谷粒的麻袋，抬头和低头都无法避开那些麻袋，堂屋呈现一种狭窄的压迫感。祖父有三子，父亲居大，二叔和三叔去省城读书。父亲对祖父说，放心，有他在饿不死人，土地不会荒废，老二老三尽管读书去。我家低洼地有二亩，平地有三亩，梯地有一二亩，这些水田散在村子的周围，父亲每日都在这些水田间穿梭，像阳光，也像风，像雨，也像雷电。他精心照顾田地，对季节和气候的变化了如指掌，身体似乎藏匿了四季的密码。稻花阵阵飘香，弥漫在山谷里，溢满整个村庄，或者随风四处飘荡，香气钻进父亲的骨髓。父亲用手抚摸那些稻穗，触及灵魂，他想着土地怎会有如此造化，这稻花怎会如此懂得疼爱他的孤独呢。

是的，父亲是孤独的。

他翻卷的头发上夹着稻花，衬衣的纽扣带上也嵌着稻花，两袖更如风筒，飘出的稻花香气竟如千亩万亩稻田那般浓烈，直逼我的鼻孔和胸腔。那些年我越看父亲越像稻花，人的特征很快变成了稻花的特征，和稻花一样缄默，一言不发，处在寂静的时间和空间里……

父亲患癌逝世后，那些稻花如同父亲的呼唤，每年都以梦境的形式招呼我回去，我也总以为父亲还活着似的，不论我身在市区还是省外，都要回去抚摸那些刚刚抽发的稻花，等同于父与子的每年相聚。南疆的气候从不让我感到失望，稻花按季节准时盛放，香味年复一年地浓烈。我立在稻田的中央，稻香从我的鼻孔奔蹿进我的肺腑，支撑起脉搏的剧烈跳动，我猛地想起与父亲日夜相伴的那匹黑硕的马。

马的膘肥厚，鼻息如雷，气势如虹，父亲走到哪里，它就跟到哪里。父亲喜，它也喜，父亲怒，它也怒，孤独的马和孤独的人撞在了一起，产生更巨大的孤独。

马先离父亲而去，它贪吃喷了农药的稻穗。

父亲骗我。

村里的人说，是马不堪重负。

后来，我的祖父喝自家稻谷酿制的“土茅台”醉了，突然发了酒疯似的紧紧拽住我的胳膊，昏暗的灯光下，一行泪水从祖父的眼眶滚落。我吓了一跳，那些泪水我用手接也接不住。

我、妹妹，包括我的两位叔叔，在外求学或工作，很多父亲的事情，我们并不得知。

我们走得太远太远了……

死亡本无可奈何。

我怎会将花这样浪漫的事物和父亲的生前身后纠缠在一起呢？！我也无意用春天的勃发气息以及三种花的意象美“呈现”父亲的死亡。但满眼生命勃发的春色绚烂地铺展大地，梨花、金樱花、稻花施了魔法似的，使我的眼眸和内心突然离开了时间而“看见”父亲牵着他疼爱的那匹马，在它们绚烂的中心自言自语，真真切切活在了我的眼前一般。风从一边荡过另一边，那些绚烂的花向他低头示意美好，那匹价值连城的爱马仰头张着大嘴巴嘶叫，呼哧呼哧喷出的鼻息有如浩荡山河，把绳子那端的父亲击退了几步。父亲吆喝骂了马，马仍在蹬蹄子、嘶叫，天地之间，他们似在吵架，也似在抚慰。

我多数时候在市区生活。草木纷披在公园、河流的两岸，以及高楼外延方向上莽荡起伏的群山上。盛大的阳光里，南方绿缛丰草、葱茏佳木，绿色几乎向我十三楼的阳台浸染，只是艰苦的生活使我和女人眼眸迷蒙，我们总不能瞧见草木和花朵的真实形态。我站立在阳台上，在黄昏的万道霞光中望着父亲的方向，日子总在闷闷的歉意里度过。我的房子虽小，但格局却不错，推窗即见璀璨的繁华，以及车流和人流的热闹，但这样的繁华和热闹中终究无法种活那三种花，也无法抵消生活对我和女人开出的账单。

女人果然植下了她喜爱的几种花，三角梅、芍药、虎皮兰等，她每日下午下班回来的第一件事情，便是细心打理照料那些植物，松土、施肥、搭架、修修剪剪，只待三四月份朵朵怒放。我也真希望它们能早日盛放，让她从花朵身上找到生活的某种旨意。

我已接受父亲走了，躯体已经消失的事实。

父亲肯定想不到，他用生命千方百计把我护送至城市，我的城市生活却过得不尽如人意。但他可以欣慰的是，我已经闯出了一条似窄非窄的道路，并且道路已经有了它的方向，他遗留给我刚毅的精气神，那是我斩断纷披在人生道路上的荆棘的力量源泉。

（发表于《广西文学》2019 年第 11 期）

高处和低处

大概是前年十月份，我在广西文化艺术中心听过一场音乐会，演奏的音乐家维恩弗雷德·伯尼希来自德国科隆大教堂。我不知道他的名气是否很大，但从他站立在舞台中央的演奏，以及约莫300人的观众席上爆发出的掌声，可以看出这场音乐会相当成功。我沉浸在维恩弗雷德·伯尼希所创设的音乐情境之中，忧伤和喜悦纠缠撕咬，爱和仁慈相生相长，音乐家表达情感之繁复之坦诚，直线抵达我的内心，把我逼出了晶莹的泪光。

然而，我同时隐隐地生发逆向的自觉，经验使我更愿意回到雅尼的《夜莺》。音乐大师雅尼曾在紫禁城用中国竹笛挑起清脆的夜莺叫声，引发大提琴、小提琴围绕夜幕展开角逐和空灵对话，创设更为寂静深远的意境。我多次听《夜莺》，那只夜莺把我引入虚空的山谷，我屏住呼吸享受灵魂迂回温暖圣地的过程。是的，我更喜欢雅尼曲线式的审美表达，况且，生活一直在强调隐忍，过于直接的眼泪往往使生活站不住脚跟。

我慢慢闭上双目，耳里听着那位德国艺术家的管风琴音乐，内心却在冥想那只隐藏在喀斯特地貌山体高处的短翅树莺的歌喉——短翅树莺和雅尼的那只夜莺拥有同样音乐效果的歌喉。

一

我在山体之中踽踽爬行，细微察觉到思想和情感无穷壮大，且毫无导向，如同无牵无挂的云朵，有一切可能的方向。我在万物跟前清晰地享受“存在”。

但我感到要找到那只短翅树莺，并非易事。

那只短翅树莺，在这山谷之中隐藏了身份和歌喉。我必须时刻保持高度的清醒、灵敏的听觉。

我首先在百草中，扒见山药曲卷在树杈上的藤。等待短翅树莺歌喉的出现是一个漫长的过程，我需要做点别的事情。那是一条细细长长的白色的藤，从石头缝隙开始，奔向附近的林木并攀援而上。我将山药藤握在手上，一时觉得它是一抹虚幻的雾气，并不能像握住一把大米那样，令人感到诚挚的踏实。我有时候却喜欢这样虚幻的感觉，因它迥异于庸常，透过虚幻，我的脑袋总能漫出一卷又一卷的瑰丽想象。祖父打过工、贩过牛、发展过林木种植，他铜黑色手上的那支烟草，与那一缕烟雾有着共同的审美刻度，历久而缥缈而芬芳。我顺着山药藤，手臂一寸一寸地穿过荆棘树杈，摸到它在泥石混杂的地面上的那个根点，用柴刀在周围画一个圈状的符号，圈状的符号表示我套牢了那一缕烟雾，它终不能从我搜寻的体系里逃遁。我和祖父遭遇过它的逃遁。那日我们好不容易寻到一株山药藤，但我们没有顺着藤摸到它的根点画圈或挖点泥土做记号，我们首先清理附近的杂木、荆棘、乱草等，无知的我在乱刀中连同山药的藤蔓也一并砍去。山药的藤直接从衔接根部的地方断开，等我和祖父回过头来兜兜转转，趴在地面上怎么摸也摸不到那个根点。祖父对山药的逃遁一脸惘然，他抽出烟卷来点燃，他想到家中96岁的曾祖母还在病榻上躺着。曾祖母临死前，最想喝到一口山药汤。

我带了一根钢钎、一把柴刀和一柄小锄头。钢钎足有1.75米长，将它垂直竖在腰身一侧，竖立在空中的那一端能越过我的额头。钢钎两端焊有锐利铮亮的钢板，一端6厘米宽，用于挖开泥土，一端4厘米宽，用于撬翻石头。它很像杨过行走江湖时手上握着的那把玄铁重剑。

玄铁重剑首先碰到的是山药的冠——“鸡头”。我不知道为什么叫“鸡头”，但它放射状的冠越看越形似鸡头，又觉得人们的叫法是取其形态而呼之，相当的吻合和高妙。我用手把“鸡头”掰断，将它放在周围的树杈上，此时它又像甘道夫（电影《指环王》里的巫师）手上那柄魔杖的杖头，射来炯炯的光亮。鸡头之下就是山药躯体，我已经触碰到第三重喜悦。在密林和怪石中找到一棵山药是第一重喜悦，玄铁重剑挖开泥土探到鸡头是第二重喜悦，刨开鸡头往下的泥土见到山药的肉体是第三重喜悦。

肉体肥圆的山药默默地嵌在泥土里，在手机电筒的照射下，肌肤纹理光泽也像泥土的表面，只要给它一点光亮，它便呈以金子的光泽。它很像一位深藏于地表之下，内心笃定的植物隐者，这些年我要寻它，需要天赐的机缘。

植物根系的生长有一切方向的可能性——这种可能性很可能是一种逃遁。生命很聪明，我们不能否认这样的事实。我的玄铁重剑很快碰撞到地表之下的石头，那是个死胡同。我趴在洞口一筹莫展。通过玄铁重剑与石头碰撞而出的闷沉声音，我辨识出那不是一块可以撬动的浮石，而是一块体型巨大、驻稳了脚跟的母石，我根本毫无办法。聪明的山药拐了个弯，将下半身的躯体遁入母石的缝隙里，而那缝隙的周围有一漩涡状凹槽，像农户家中的小型水缸，有蓄水的功能。哦，聪明的山药要喝水，它避开了坚硬的石头，向水源的方向上延伸躯体。我只能作罢，聪明的躯体由它去吧。

我伸手折断它的躯体，掏取它可取的部分，约莫四十厘米长，六七两的重量，来自喀斯特地貌群山高处的一口山药靓汤，我已稳稳地握住。我极其喜悦，劳动有了非凡的收获，流转于城市与山间的灵魂找到了非凡的寄托，我仿佛破解了阳光、土地、群山、雨露、雷鸣、闪电、雾、月光在一棵植物上交织演变的密码。

然而某种天降的怀伤，咬定我犯下了滔天的罪行。我盯着那个窟窿，想着我无异于把大地的腹腔刨开，那堆还焕发生机的鲜土，那些被砍断的长出大刺的草藤，还有无数刚刚在这个冬季凋零、被我无意踩踏的树叶，它们黯然神伤的样子使“手术”现场看起来凌乱惨烈。我已然用躯体和灵魂感受挖开这个腹腔的喜悦，现在又不得不承受掩埋这个腹腔的愧疚，且掩埋往往比剖挖更具态度。

我将山药款款装入麻袋，如同把婴儿放入襁褓那样谨慎。拿出小锄头将泥土重新刨回腹腔，又从树杈上取下那个鸡头送入腹腔，后继续刨土掩埋，直至肚皮被填满。我后来担心鸡头在未来几年里营养不良——鸡头是可以重新生长出山药的，我从周边搜刮一些烂树叶覆盖在表面。我在整个“手术”缝合的过程中微妙地感到作为人的卑微，接受喀斯特地貌山群以庄重典雅的面貌呈现，开始意识到生命之间的平等关系，草木藤条、石头上的苔藓、开败的山花瓣、四处飘零的落叶，它们的存在都有一套生命法则和生命哲学，生命享受或承受生长、隐忍、喜悦、灭亡，与人并无二致。

二

就在我给土地缝补腹腔的时候，短翅树莺拉了一段低低的嗓音。

它在犹豫，在试探。

它或许在我爬入山体的时候就已经发现了我，它暂时不确定这位戴眼镜的年轻人是否心善，且不会加害于它。人与人之间的猜疑或许围绕金钱和权力，而一只短翅树莺对人的猜疑，纯粹是对生命的保护。它认为惯于砍伐和杀戮的人类实在太坏。我停下手中的玄铁重剑，倚在一堆长得像蟒蛇的大树藤上，像等待某一仙家的歌唱那样等待它彻底放开歌喉。

它又拉了一段低低的嗓音，这一段嗓音比前一段的开合更为大胆，但仍然显得有些迟疑。我知道它渐渐地剥离对我的猜疑。嗯，这莽荡群山之中的一抹声线——生命的纯粹性，在我坐拥一天的孤独之后，它终于要演奏了。

短翅树莺的声线确实很长，声音可以穿过密林，越过错落的山石，甚至翻过一座山的脊背抵达另外一座山的山谷。蝉的声线也很长，但蝉的声线总爱起伏，起伏之中总有起起落落的噪。

短翅树莺的歌喉在山谷中完全敞开，山谷成为它的乐殿，它每隔二三十秒甚至更久的时间拉一段声线。这二三十秒钟或更久的时间，留给了我想象的空间，我想着它应该在哪个方向上的暗处，它的身形是否和我在百度上看到的一样玲珑，绵密的羽毛是否也呈翡翠绿的色彩，以及它从何处而来，因何放歌，意欲表达什么。我想着纯粹的生命应不似人那般，用哲学的思维去丈量哪里来哪里去的问题，生命的源头和指向有时不去想它，反而更显平静和明亮。

另外一只短翅树莺加入了歌唱。它在相连的另一座山的山腰暗处。单声线变成双声线，似乎平行，你来我往，呼应，互动，推送爱意。

我没有目睹过它们真实的形态，因为它们根本不容许我靠近，只要我向前走几步，它们便停止歌唱，乐声戛然而止。我从圆脸同事那借来望远镜，趴在一块巨石上试图捕捉它们放歌时的肢体形态，但种类繁杂的灌木将它们完全遮蔽，望远镜也无法输送我的目光抵达它们的形体。后来我才在网上搜索到它们。它们一般体长10到18厘米，上体概呈棕褐色，下体污白色，胸、腹沾皮黄色；上嘴褐色，下嘴淡灰褐色。它们多在树木及草丛下层枝叶间上下跳动，性胆怯，尤其不进入茂密的大森林，常单独或成对活动。

生性胆怯决定了它们喜欢独行，孤独的个体的行走。个体总能持有它独立的完整的形式美和精神气魄，群体因为集聚的缘故，其中的无数个体会相互之间削弱各自的形式美和精神气魄。群体太满太盛太热闹，挤压了审美空间；个体无论胆怯也无论孤独，它总能本真绚烂。倘若山谷之中突然蹿出无数只短翅树莺，集中放开歌喉鸣唱，声线纵横交错拧成杂曲，我便不再这样痴迷。

百草百木百石，阳光下有了屏息的默默神色，它们也齐齐地把耳膜投向短翅树莺的歌喉。这个音乐场域是那么的肃静祥和，我清晰地感到内心诚挚的笃定，忽然和百草百木百石存在气息上的关联，呼吸、脉搏、脾性、情感，与那百草百木百石一寸一寸地共生共长。禅意隆起，我正在参透生命暗含的法则。

两只短翅树莺均离我有五六百步之遥，我很想挪动身躯去穿过一些灌木，抵达那个神秘的暗处与它们会面，但又转念一想，生命与生命之间都有一段不可逾越的距离。纯粹的生命也会拒绝我模仿它们的声线与它们对话，它们不需要来自现代城市的附和。是的，我的歌喉携带着丝丝缕缕的现代城市生活的忧伤，它们能很快识别出我的歌喉非其同类的歌喉，只要我的歌喉飘出声响，它们会立马警觉，而后黯然沉寂不作乐。我也不该把现代城市的气息一股脑儿带入山体，把欲望、忧伤、困顿甩给喀斯特峰林处理。

那两只短翅树莺，只要我不去叨扰它们，不把城市生活的烦闷忧伤带入山体，我便能以静默的方式探入它们的唯美空间。

三

假若我摇身变成山体中的一株山药，那么，我应该能够保持作为植物的生命纯粹性。太阳从山尖翻身出来，我便沐浴阳光，着手进行光合作用，随后一寸一寸地生长，随着季节的更替酝酿花朵和果实，呈现纯粹生命该有的全部美。我不至于像现在这样，身心疲惫地去追赶房贷和物欲，去经历那么多的惆怅和困顿。

以短翅树莺的生命纯粹性，去看人的生命不纯粹性，我忽然体察我的脾性或情绪之混乱。我已经在市区拥有一套95平方米的房子，足够我、妻子和多病的母亲居住；也拥有一份稳定的教师工作，可以勉强喂活我、妻子和母亲，但我仍在这个高速发展的经济社会面前感到局促和恐慌。欲望持续霸据我的头脑并灼灼地骚乱下去，我逼着自己制定计划，把95平方米换成140平方米，把教师工作换成公务员的工作。物质、虚荣、欲望三只大手从我的心灵之井，一提一提地抽走纯粹性。

在这座与越南隔河相望，四面被群山包抄的南方小城居住，我每天在天色还未全亮的时候醒来，随后摸出牙膏毛巾一番洗漱，到阳台做二十分钟的原地伸腰小跑运动。妻还没醒来，我又喘着气一个人出门上班去。我居住的小区不大，只有耸立的四栋十八层高楼，皮鞋和水泥地面撞击的咯噔声总能在整个小区飘扬。小区保安见惯了我的早起，他们凑在大门前的扁桃树下讨论着什么，似乎他们年轻的时候也像我这样心事重重地走出某个小区大门。

从小区拐进花山路的时候，我有时会听到些许低浅的哭声，或者一小封鞭炮声噼里啪啦地划过天空。抬眼透过迷蒙的晨雾，向对面市医院的那一排矮房子望去，那里站着三五个面孔模糊的人，他们在九层皮树下抱在一起相互擦拭脸上的眼泪。我的内心和脊背飘过一道霾，哦，又有生命在夜里被死亡斩断喉咙而呼吸不到清晨里的一口空气，看不到此刻已经投来一些太阳的光亮。小区离去年刚评上三甲的市医院实在太近。

我假装吹着口哨，在这个半打开的空间里。既然死亡这么频繁，我为什么也要频繁地与他人的死亡产生心灵上的交集？

我将上下唇顶成圆弧哨口，特意凑到电动车后视镜检视口型是否合格，后又提了提肺腑酝酿气流。我的发声要尽可能向喀斯特峰林里那只短翅树莺的歌喉靠近，这样，我才能在这条曲曲折折的稍显寂寥的上班路上，通过声音打通想象，把群山高处的愉悦装进体内。从花山路拐进友谊大道，再从友谊大道转出江南路，后又转新华路走三百米抵达6号单位，近乎六公里的路程才不显得那么单调和乏味。

这座城市街道的两侧，种植着形似鸡腿的扁桃树。鸡腿是引起胃口愉悦的具象，让我酝酿早餐要吃什么。我在“鸡腿”中间穿行，有时停下电动车，定睛眺望“鸡腿”脊背上似远非远的黛色喀斯特地貌群山。是的，在这座城市的任何一条路上，只要稍稍睁眼就可以眺见远处的喀斯特地貌群山。短翅树莺该在我定睛方向上的某一处山谷中开始提起嗓子鸣唱，中国竹笛的乐声在某一暗处一跳一跃地穿行于山体之中，又一跳一跃地从几公里开外奔向花山路、友谊大道、江南路，与我的心迹巧妙会合。这一切均通过想象完成，但我以为，想象亦可真实而有温度，就好像我通过对“鸡腿”的想象，恹恹的食欲有所改观；通过对旧衣物的想象，父亲的音容笑貌仿佛就在我眼前，他嘱咐我好好工作和生活，照顾守寡的母亲。

天色渐渐打开，到达办公室再次面对那个女人汹涌的眼泪时，我知道该怎么做。

她是一位刚刚失去孩子的母亲，我是一个失去父亲的“孩子”，类似的命运遭遇使我对她产生巨大的怜悯。我重复昨夜凌晨两点钟的动作，继续从隔壁办公室搬来那只木漆凳子给她坐，从角落里抽出一瓶矿泉水摁到她手上，说一些让她先冷静下来的套话。她很矮，木漆凳子很高，她坐上去好像坐在了某处高空，从她眼眸奔涌而出的眼泪掉撞在地面的时候异常壮烈。我闻到一股酸咸的味道，她的泪水和汗水相冲在一起。

她小孩这起溺水事故的起因在于私立托管中心的管理疏忽，但她作为母亲无法处理这样重大而凌乱的事件，她唯一的办法就是跑到主管部门办公室哭。

我母亲常常于无声处突然落泪，才渐渐驱散父亲逝世所带来的心灵创痛。

我依据事实经过敲击键盘上报的那些文字，关乎这个小孩的死亡和这位母亲的痛苦，一个词语也不能马虎。然而这些文字绕过悲痛和眼泪而显得毫无温度，我只能客观地陈述事实，我无法将这位母亲胸间的悲痛囊括在内让其弥漫流淌。那只短翅树莺并无普度众生的本领，不能从群山高处飞抵我办公室的窗台，放开歌喉施展魔法，让她的苦难消散在音乐的尽头——高处。

那只短翅树莺只对与它产生心灵交集的人产生抚慰的疗效。

已经很少有人如我这样，感到忧伤时去到群山高处寻求慰藉。人们遭遇不幸而内心伤痛时，看几场电影或拨打一通电话寻求慰藉，鼻涕和眼泪一起抹，事后归于平静，好像什么事都没发生过。现下也有太多娱乐的方式供人们驱散心里的阴霾。然而我心性敏感，妻拉我去看电影和朋友的来电已经不能抵达我内心的痛处并完成抚摸。我必须爬上喀斯特峰林高处寻那一味草药和那只短翅树莺。

短翅树莺通过歌喉引我抵达高处。那个高处的物与物、物与人产生关联，启迪更为从容笃定的心性。从那个高处回到现实生活场域，我才能有足够沉着的耐性去应对烦闷局促，有足够多样的策略去应对未来的不稳定性。

高处并不存在割裂肌肤的寒冷，反而日照充足、阳光饱满，可为个体生命积蓄力量和情感。短翅树莺毫无保留地放开歌喉叫唤，白云轻轻挪移，在我的额头上投下彩虹式的斑斓，带我抵达空灵、梦幻、洁白的秘境，我咬定那是时间的另一个源头，汩汩流淌在纯粹的生命里，生命越过苦难、困顿，甚至死亡……

我从喀斯特峰林高处回到城市往往是在薄暮时分。我从车上跳下，肩扛那把玄铁重剑从花山路拐进小区，衣衫不整形似流浪大侠。我穿过小区那一排商铺的时候，感觉有无数双眼睛游荡在我的周身，他们挤着眼睛把我从头到脚搜刮一遍，像刮牛骨取出牛肉那样认真，似乎要从我身上刮出些肉似的故事。他们疑虑“这个人从哪里来，到哪里去，经历了什么”。然而对于这个横亘人类精神史的老问题，饮下毒堇汁的苏格拉底和避居在黑森林的海德格尔彻夜掌灯冥想也未能清楚明白地陈述观点。

我走进二栋二单元的电梯，刚刚回到低处，电梯又即将把我带上十三楼高处。那只短翅树莺在生活的荧幕背面，用歌喉切换一幕一幕的空间场景。

或许它迁回人间，蛰居在我的体内，高处和低处形成统一。

（发表于《广西文学》2021 年第 3 期）

空间：猫、硅胶工厂和心脉

猫

我用手捂住胸口，心脏突突跳动的冲力奔向手掌，我深刻地意识到，想要在夜晚平息心脏的跳动，并不那么容易。我希冀猫真有九条命，挺过眼前的命运难关。它一直在黑暗的车厢里发出救命的哀叫，呜呜的，声音仿佛来自深邃的黑暗的洞，在整个狭窄的车厢里飘来荡去。

“夜幕并不体谅一只幼猫的命运走向。”我闭上眼睛试图调整身心，同时想到了这句意味深长的话。

我和小梁从一个名叫“那隆”的孤寂的小镇驾车离开时，抬头透过玻璃车窗，还能看见太阳挂在喀斯特地貌山尖处，没有往山背处陷落下去的意思，车厢内铺满暖和的光线。后来行至半途，再抬头透过玻璃车窗，已经完全看不见太阳和它射来的光线，夜的黑开始一寸一寸地渗透大地、山川、河流和湖泊，漫爬到我和猫的骨骼及血液里。我们的车子在数百座石头山的夹缝里穿行，山路拐弯颇多，从车灯射出的光束显得局促、狭窄，只照见奇形怪状的嶙峋的石块和面目沉寂的灌木丛，我们看不见辽阔的土地，也不见掌着星星点点灯光的村庄。我不敢大力呼吸。

猫仍在发出求救的呜呜声。

我半躺在后排座位上，想着把猫卖给我的那位阿公。“先用绳子把它的脖子圈起来，固定在一个地方养一个月左右，等到它对主人产生食物依赖后再把它放养，到时候它就不会跑。”他教我们如何养家猫，但说这话的时候，他抬起左手轻轻抚摸肿得流黄脓的右手大拇指，那伤口准是被猫妈妈咬伤的。把猫逼急了，连喂给它食物的主人都咬。他家是二层砖瓦结构，房前有块歇脚种菜的空地，猫妈妈和四只猫崽崽，与鸡鸭在那块空地上一块玩耍、赌气。

我们正赶赴市区回家，猫正在远离农村的家。我们在黑夜之中每行进一公里，猫就远离它的母亲、兄弟姐妹以及旧主人、旧房屋一公里。猫的记忆正在一点一点地往后退，我的时间正一点一点地往前挪移。猫孤独、焦虑、恐慌、纠缠，母亲的奶头不见了，兄弟姐妹不见了。此前，它在母亲和兄弟姐妹的身边嬉戏玩耍，捕捉在半空翻飞的蝴蝶，意识之中以为时间很长，快乐永不终止。

我从四只杂色的猫崽中选中它，因它毛色棕黄，通体有波浪似的层层的纹，长尾圆脸，十分可爱。它双瞳睁得也大，两颊鼓鼓的，成年后必然英气十足。

卖猫的阿公把它困在一个短矮的蛇皮袋里。蛇皮袋的豁口被一根塑料绳绑扎着，阿公特意在蛇皮袋底角用剪刀剪了两个小口子供它呼吸。它在蛇皮袋局促的空间里哀叫，频频用头盖骨试图顶开被绑扎的豁口，聪明的它知道要从那里逃命。绑扎在豁口上的塑料绳已经开始松动，我很害怕在伸手不见五指的夜里看见一只受到惊吓的猫的眼睛，以及触摸到它慌张的灵魂。我看了看路程，离市区还有三十来公里。这条路我和小梁走过好几趟，这回是夜路，比往常走得似乎要漫长许多，从天空垂下的星星，悬在我们的头顶上跟着我们奔走，好在它们从不消失。黑夜将莽荡山河的色彩淹没，唯独不能淹没人的情感和一只猫的恐惧，相反，情感和恐惧如同醒目的帆船，突兀地在无边的黑海之上飘荡。

成年后的猫是高度独居的动物，民间传说猫有九条命，猫能通灵。许多年前在农村居住，猫在夜间闪电一样跑过堂屋，我沉沉睡去，猫在暗处号叫、打架，与老鼠与蛇对峙，常常在我的梦境之中翻江倒海、腾云驾雾。我害怕猫甚于害怕狗，狗的咬合力比猫要强上好几倍，但狗有一点好处是爱黏人。祖父养的土狗常在我的屁股后面追着我，跟我巡山捉竹鼠的时候，表现极其英勇，它把捕获的竹鼠叼到我面前，是干锅还是清炖任由我处置。而对于猫，我上初中那会儿，拿根长竹竿去驱赶在房梁上匍匐着的一只黑黝黝的猫，它被我一竿子扫到屁股，扭头厉声惨叫，那惨叫很像镇上英语老师在课堂上教过的“well”的发音，但变声和走音很严重。它可怜兮兮地跑到更高的房梁上，以为安全后向我的方向回过头放大瞳孔，又连续叫了几声颤抖的“well”。我的曾祖母听到猫的惨叫后，台风一样从屋子里跑出来喝住我，她突然发着厉害的脾气，从屋角捡起藤条要抽我，仿佛我身上的皮和肉可抽可鞭，而猫的皮肉代表不容侵犯的神灵。曾祖母很迷信，她子孙满堂，平时动作老迈迟缓，那时却跑得极快，她从哪里获取的精神和力气，在我这里一直是个谜。那只黑黝黝的猫并不是我家养的猫，它经常在我们吃过午饭后跑来我家，在房梁上睁着大圆眼睛，垂涎在更高的房梁上挂着的腊肉，它并不帮我们抓捕躲在屋中黑暗角落叽叽磨牙的老鼠。那腊肉是过年才有的两三条腊肉。那些年我饿得天昏地暗，肚子寡淡到虚脱，我甚至与自家的牛拔河，从牛的嘴巴里抢夺甘蔗根来咬着吃。

我用手紧紧攥着塑料绳，感到猫的一股生命力量从蛇皮袋顶到我的手心，好像我手里攥着的不是绳，而是它的头盖骨。它旋转，变换方位，各种角度都试过，无论如何都要顶出一个逃生的口子。除了车轮胎划过水泥路的沙沙声，我还隐隐听到蛇皮袋的撕裂声。它开始用爪子抓，用牙齿咬。我越发紧张，感觉浑身起毛，怕它突然蹿出来。

我仍闭着眼睛，倘若我也能通灵，我会和它好好谈一谈。“即便放你出来，在这漆黑山野之中，你也找不到回家的路，不如让我带你切换到城市的空间，由我家那位女神好吃好喝地伺候你，她会长期储备猫粮，给你搭个暖暖的窝。”我家那位女神每天下班回到家里，都要躺在沙发上刷猫咪的小视频，并且不止一次喊我购养一只猫。很长一段时间我家到处飘荡着猫的叫声，从她的手机里飘出来。或许是我们对城市生活常感到百无聊赖，便要以养宠物的方式，从宠物身上猎取趣味与生气，冲淡常年积压在我们心底的灰色调。

车子行驶进更深的山谷。开车的小梁安慰它道：别叫了行吗？很快就到市区了，再忍一忍。他的意思是，猫晕车。

猫又呜呜地哭，突然像婴儿那样哭。哭声把我的心摁进黑洞的最深处。猫不知道我和小梁此行的目的是送一位朋友到那隆镇入职，买猫来养只是此行的一个插曲。朋友两个月前从东莞返回崇左，考上家乡所在地的基层公务员，她人生的路线发生转变，从热闹的城市转到被喀斯特石山裹挟的小镇，我们抵达镇政府办公楼后面的公寓楼，从车上搬下她的棉被、皮箱、水桶、席子等生活用品，道别说只能帮她到这里。猫被命运从乡村摆渡到城市，我的这位朋友被命运从城市摆渡到乡村，两个不同的空间在相反的方向上。

我的心一点一点地被它软化，我很想打开袋子把它放出来，让它消失于夜幕下模糊的喀斯特地貌群山。或者，将猫送回原来的那个空间，那个在喀斯特山丛脚下被大片大片甘蔗林包围，而风物一直以寂寥的面貌呈现的生活场域。我从此不再提养猫这件事。

硅胶工厂

我理解猫的痛苦。

空间的切换带来生活场域的变化，这种切换并不似我们坐在客厅沙发上切换电视频道那么简单，它造成心灵和情感的移位，几乎是要命的。

2014年7月大学毕业，绿皮火车把我带到了一家硅胶工厂。我一个人拖着行李，按照提供的地址找到约好的硅胶工厂。硅胶工厂不大，工厂的四周还是工厂，在深圳坪山区的这个工业区里，工厂随处可见，拖着行李找工厂的人也随处可见。工厂都有网状的大铁门，大铁门的门前竖着红色的招工大海报，我看见有好些人挤在海报周围比画着手指，在说些什么重要的决定。硅胶工厂的老板和我一样戴黑框眼镜，他长得短矮，但身体庞大，啤酒肚子挺得很高。他沏了杯茶递给我，自己也饮下一杯润了润嗓子，问我如何看待执行力的问题以及职业规划，我一时间处在蒙晕的状态，我的老师并没有教过我如何答复这个问题。我的脑子像糨糊一样，后来逼着自己说擅长什么，可以干点什么事，把自己往厉害里说。

啤酒肚老板同意我入职，给我开出每月三千元的底薪，吃住在工厂，提成按开单量的百分比算。

我是漂着来到这家硅胶工厂的。

我先被安排到生产区蹲点半个月，目的是熟悉硅胶的生产流程，掌握产品特点，辨别产品优劣。我守在几架油腻腻的大机器面前，看它们咣当咣当地运作，吐出手表卡、手环、奶瓶奶嘴等以硅胶为原料生产的半成品。那几架油腻腻的机器散发出的机油味道，冲冲地往我胸腔里灌，那阵子很影响我每天的食欲。也就在那时候，我觉得那个脸上长麻点的机器师傅，他的学识比我厉害得多，他熟悉一整套机器的零部件构造，并能识别它们的英语称谓，尽管他读书只读到高中。我反而要一个单词一个单词地记下硅胶英语术语，才能在阿里巴巴平台上编辑发布硅胶新品信息，猎取美国、澳大利亚、墨西哥等国外买家的青睐。麻脸师傅二十七岁时从湖南到广东打工，四十五岁之前在广东数十家工厂间徘徊、游走，如今学得浑身技术，工资涨到八千元，但和他在几架机器面前聊天，才知道他灰头土脸的一生，积蓄并没有多少。这么多年来，他挣的钱只够在老家建一栋三层高的房，每个月给两个上学的孩子寄生活费，也不剩钱。一生空荡荡。

进厂后的一个月时间里，我没有做成一单。啤酒肚老板有点急眼，他扫了我几个眼神，说："怎么搞的！"

我深知做这行，没有客户基础，真是不易！且早有师兄师姐的例子在先，他们早一两年从广西漂到深圳，并没有收获能够令他们自己感到踏实，也让老板们感到喜出望外的业绩。

后来一个人在离工厂二三公里的地方溜达，我意外发现有几座连着的可以步行往上爬的山，虽是太阳正要西沉的时辰，但我仍决心上山散心。几座山的走势形同母亲的怀抱，勾出一个凹形地带，凹形地带是一湾腰形的水库，也是这几座山的眼，掩在丛林中半明半晦的，比老板的眼要清澈、沉静、祥和。我走到半山腰的时候，抬头望见一座飞檐楼阁耸入云端，在楼阁视线方向上，暮色开始围拢。山中空无一人，没有一个像我这样失落的人想要登上这座楼阁——这座可以眺见那家硅胶工厂的楼阁，或许也仅仅是我这样一个孤独的个体，想要站在高处用手去触摸晚霞的温热，试图用情感去氤氲它的底色。我以这座高耸入云的楼阁为凭借，天边射来的金光击中心灵关隘，我想过要转变生存的姿态，心灵的自由是高尚的引路人。我想我随时都可以辞职，打包走人，然后拉着行李箱穿梭在遍地都是的工厂中间，像许多漂泊的人那样，在每一家招工海报上比画手指，迅速找到工资待遇的信息，找到更合适的生存空间。

这样想着，我隐隐收到了来自天上霞光的启示。

我开始迷恋这几座山，水库，飞檐楼阁。每日下午下班，在工厂食堂吃过快餐后，一个人便绕过工厂门前的一条排水沟，穿过一个没有人打理的杂草丛生的杂院，再走过几百米远的柏油公路，用手机播放音乐，迈开步履上山。那时汪峰的歌能把我的热血煮沸，但侵占我的头脑和心灵的，还有挪威作曲家兼键盘手罗尔夫·劳弗兰和爱尔兰女小提琴手菲奥诺拉·莎莉共同演奏的空灵缥缈，赋予生命通过沉静获取喧闹力量的提琴曲目。山上的万物呈现默默的姿态，我透过音乐，预感到如果继续这样打工下去，我可能随时要挨饿，作为一个有思想和情绪的鲜活个体，我终将过着漂泊的艰难一生。山上默默着的苍翠欲滴的松柏随时都可以把我比下去，它们肌理丰腴，气韵生动，照映我的渺小、脆弱、迷惘。那一个多月以来，一股名为“抑郁”的气流很快窜进我的胸腔，像冰冷的刀一样把温热的心脏割出鲜红的血来，那血最终变成了藏在体内的淤血，街上各大药铺的药都无能为力，我只能交由时间去抵达淤处完成缓慢的消解过程。罗尔夫·劳弗兰和菲奥诺拉·莎莉空灵缥缈的提琴曲目，作为那个空间的背景，像风穿过幽谷松柏一般，极其柔软，把我沉沉带入命运里的神秘庄园。

绿皮火车将我切换到一个由工厂、油腻机器、硅胶构成的空间。我孤零零走进这个空间的时候，生命感到局促、恐慌、迷惘，我很像一条被现实勾上岸的鲤鱼，因为缺氧大口大口地喘气。

是的，绿皮火车。在那趟绿皮火车上，我和那只猫，遭遇上并无不同。

那日，绿皮火车下午六时才驶离绿城南宁，到佛山的时候已经是深夜。我没有买到坐票，一个人佝着躯体蜷在车厢过道里，早上的时候从崇左赶到南宁，在南宁又坐着等了一个下午的时间，人很疲倦。我指的是心理的疲倦，特别是灵魂的疲倦，经历了很多事情以后，我才明白灵魂疲倦要远大于身体疲倦。漫长的等待造成灵魂负重，时间好像停止了流动，或者根本没有尽头，我抬头看绿皮火车窗外漫无边际的夜，无数次提醒自己累了就在过道好好眯一会儿，其他的事情等天亮到深圳坪山再说。然而，夜里去上厕所或者从厕所走回座位的乘客要经过过道，我要收拢双脚让他们经过，我无权独自使用过道，旅途的睡梦被切出许多断面。车厢衰微的灯光，窗外无边际的黑，反而使我心事过重，也往往压制住睡意。我有想过要去到两节车厢的衔接处找一个宽一点的地方坐下，但看见两头车厢黑压压的都是人头，便也死了这条心，决定睁着眼睛到天亮。我迷迷糊糊的，被火车司机囚去未知的空间，焦虑和不安涌上心头，像那只猫一样，我同样转动着我的头颅，欲用坚硬的脑壳撑破绿皮火车的皮囊，睁大眼睛看清楚我究竟置身于何地，看清楚各种纷杂的人群。

这有似后来去杭州的情形。那日乘坐南宁飞往杭州的飞机，在JD5398航班上，我从高空俯视人间，无数村庄、田野、城市高楼、景点，和我手上的大拇指指甲一般大小，间缀在坦荡的山河中间。几处烟囱正冒着缕缕烟火，人们正驾驶汽车忙于奔走，人间看起来比我日常上下班所经历的还要热闹、有生气。然而飞机很快钻进云层，我的眼界里堆满了洁白的云海，空间突然变得虚无缥缈。我无法打开手机和地面取得联系，我也无法在机舱里和其他乘客攀谈，因为与我并排坐着的两个人和我素不相识，我们拥有迥异的人生背景，聊天无从说起，直至各自闭上眼睛谁也不搭理谁。我承受从天而降的孤独，闭上眼睛假想自己变作身着轻纱的神仙，飘飘乎遨游于无边无际的洁白的云海之间，对以往经历的生离死别的事情再也不过问。《西游记》里很多腾云驾雾的神仙最是洒脱，他们高高隆起的脑袋里从来都不曾生发过疾苦。这样的想象，或许是我精神层面的某种需要，令我隐隐感到愉悦。而当我假想自己变作神仙之后再也回不到地面，我的脑袋开始挤满了对食物的欲望，我靠什么来填饱辘辘的饥肠——登机之前我没有吃过任何一块面包，那层层厚厚的洁白的云海并不是刚从炉子里取出来的热面包和热牛奶。我忽然焦虑起来，立马关心JD5398什么时候抵达杭州，降落萧山机场，然后两只脚扎扎实实地踏在土地上，双手握住热面包和热牛奶往嘴里送。

在绿皮火车和那趟飞机上，我深刻地意识到，我终究不是一只躺在时间里，用舌头梳理体毛的猫。

从崇左到南宁，到佛山，再到广州、深圳，转坪山区，抵达那家硅胶工厂，十八个小时，我睁着眼睛完成空间切换的整个过程。

心脉

许多刚刚毕业一起出去的同学，以及许多年前就去深圳打工的乡人（他们大多大我十来岁），与深圳的房价、物价和拥挤的写字楼、工厂遥遥相望很长一段时间后，和我一样乘坐绿皮火车，连夜赶回家乡所在的城市，找一份安定的足以喂饱家人的工作。我把这样的现象总结为：人们对空间的选择，大多考虑生存，从现实出发，终又抵达现实，诗和远方只能作为一种意志存在。

从深圳坪山彻夜奔回南宁，我乘坐的依然是那一趟绿皮火车。那夜天亮后，转乘南宁到越南河内的绿皮火车，上午十点在崇左站下车，满打满算依然是十八个小时。

我是被击退回来的，袋里空空，心情沮丧。

她却很高兴。她把刚刚煮熟的一只阉鸡、用空矿泉水瓶装的“土茅台”酒（我老家常喝的一种土酒）、几颗糖果整齐地放在竹篮里，吩咐我去和“在那边”的父亲隆重“见面”。那时的时节，临近农历三月三，空气中四处弥漫着无法说明的甜味。黄家祠堂的供桌上遗留下很多人提早洒下的酒迹，还有许多特意留下的糖果，鲜红的鞭炮碎屑满地都是。这样的方式，是她和我寻求心灵慰藉的一种很好的方式，我每年都遵照执行，和父亲说了许多心里话，心里果然舒服了很多。

同年九月份，我考上市区周边镇上一所初中学校的英语教师岗位，她从老屋的餐桌旁蓦地腾起矮胖的身躯，小步穿过厅堂转进她的房间，我听到她打开衣柜抽屉的声音，她出来的时候手上捏着两张银行卡，又小步跑来摁在我面前的桌子上。她歪斜着身体，说把卡里的六万块钱取出来，去市区交首付买一套房，不够的部分让我想办法跟叔叔和舅舅们借。那六万块钱是她五十岁之前，和乡人同去广东打了几年工的积蓄。

我试图进入她心灵的痛处完成抚摸，而后劝她回市区和我一起住。我好像饮下了刚烧开的热水，磨破了嘴皮子，讲了许多道理，提醒她如果不去城市居住，老家的人会看扁她的儿子，他们会认为我把娘一个人丢在老屋不管娘的死活，儿子的名声会变得狼藉，会有很多双邻居的眼，像猫的眼睛一样从他们的屋角射来鄙夷的目光。我还列出了城市生活的许多便捷，和她说那里有热闹的广场舞，有大型的超市，有公园、菜市，住的地方周边就有一家三甲医院，生活和就医都很方便。我甚至承诺给她在江南菜市场租个小摊，卖些蔬菜打发时间。

她坐在老屋餐桌对面，形同喀斯特地貌高山上一块长着棱角的硬邦邦的石头，咬住双唇一句话也不说。

我深刻地意识到，溢满斑斓色彩的城市文明对她并没有形成太大的诱惑，要彻底改变她根深蒂固的土地情怀，我面对的是一场极为漫长的攻坚战，一场城市文明和农村文明的对位拉锯战。这场文明对位拉锯战的最突出部分是母予子、子对母的爱，以至于我重新认识到所谓母予子、子对母的爱，是世间最难缠也最难解的情。我无法攻破她的空间，作为儿子，我很难赢下这场“战役”，直至五年后的今天，我和在南宁工作的妹妹，应她的诉求拿出了我们十多万元的存款，给她在老家建了一栋两层的楼，后又添置许多家具。我毫无办法，闷头喝下“土茅台”，餐桌上再说下去，恐怕又有眼泪从她的眼里冒出来。我最害怕她的眼泪。父亲走后，她的眼泪比别人的眼泪要来得凶猛，也暗沉沉的。

我后知后觉了。我按照她的意愿，在市区买的九十五平方米的房子，却不是她喜欢的空间，原来这也只是她为人母的预谋，她当初的目的是让我留在离她不远的城市定居生活。母予子的爱，从乱麻中挣脱出来，就是把子捆绑在身边，仅此而已。

她独自蛰居在农村老家。在桂西南边疆地区喀斯特山丛的那个夹缝中间，我从远处或者高处看老家村庄，它很像一道青黄色的疤，嵌陷在山凹处，默默地，等待时间从它身上走过去。它显得残喘颓败，旧时光的鸡鸣、牛哞、炊烟等暖人心灵的意象已经隐退到集体记忆之中并渐行渐远，最后会变成地震式的“断裂带”。我每次回去，走在村巷子里看见山肩上金色的云慢慢地飘，那是西沉之阳染红的颜色。我看到很多松鼠在竹树上梳理胡须，天还没有黑的意思，青蛙和蟋蟀已经出来活动，它们几乎亲吻我的脚后跟……

她的心脉在乡村，在父亲。

在这个充满倒退色彩的空间里，她早上扛一把锄头出门去，在我们家的二三亩地里种玉米、花生、地瓜等。种来的这些土货，一些是通过汽车寄来市区给我受用，大部分则喂养鸡鸭，但鸡鸭养肥养壮后，同样通过汽车寄来给我受用。

她的心脉固守她的生活空间，传统、倒退、凋敝，寂静的、孤独的、隐痛的……而血脉的牵制力量，无形中倒逼着我时不时回到她的空间，照看她的孤独。后来随着她咳嗽和偏头痛的加重，两三年里，我刚买的汽车，里程表从最初的五六千公里，急奔至六万公里。我为她购买的药品，也刷爆了我的医保卡。我最担心的是，哪天她和父亲一样，成为我疲于奔命之际，时常在我脑际飘忽的“景观”。

在一个周末的午后，我独自在阳台上喝茶翻书，读到存在主义哲学，其中之一的观点是：正是忧虑和恐惧，揭示出人的真实存在。我想到我的忧虑和恐惧促使我通向存在时，才谈得上自我选择的自由，那时候，我的那些空间才是打开的，与光明与闲适相联，一个人刚从娘胎里挣脱到现实世界，首先要承受的是恐惧和不安，才有后来不断涌现的新奇与快乐。茶的香雾旋转着飘入空中，形成一抹又一抹低低的云，阳光透过这些小云朵照在我的手掌上，我顿时感到漫长的人生既显轻盈，又显沉重，真是不易啊。在这样打开的空间里，我打开着的手掌，隐约现于其中的脉络正昭示众生皆渺小而平等的生命意旨，我应当尊重个体生命的选择。

复杂的是，我仍想养猫。那日我没有掉转车头送它返回那个名叫“那隆”的小镇，没有让它重返母猫的奶头。我仍要乘坐绿皮火车，去远方的城市流浪，领受人生的诸多可能性。我仍要把她接回城市，享受城市文明的发展成果。

我旋转着脑袋，想着有另一种通向存在的解释。猫爱吃鱼，当猫被迁到某个空间，这个空间有鱼儿可捕食的时候，它也会躺在时间里用舌头梳理体毛，而非饥肠辘辘，两眼布满饥饿血色。它亦可用玻璃翡翠般的眼球映照周遭，两腮鼓鼓，以温暖示人。

那家硅胶工厂，虽侵蚀我的精力，使我在手机屏幕里看到的我的影像显得疲倦不堪，但它与我的生存际遇构成了某种深刻的关系。尽管我在深圳被城市刺透鼻梁，最终领受酸冷，灰溜溜逃回离家近的地级市，谋求可以喂饱自己的工作，但它作为我生命里最深刻的空间背景存在过，使我清晰地看到我目前的生活是光明的，充满力量的。

再说她那榕树根似的心脉。有好几次我在梦中蹲下身躯，伸出手去挖她深扎土地的心脉，我竟触摸到了数条烧红的烙铁——她的心脉已经沾染了火山熔浆的热度，我快速地把手缩回衣袖，鼻子里飘进一股烧肉的味道。缩手的那一瞬间，梦境里忽然放映电影《海上钢琴师》和《肖申克的救赎》，钢琴师1900到死也无法走下弗吉尼亚号远洋客轮，登上大陆去接纳挤满高楼和立满烟囱的空间；得到假释的布鲁克斯手持利器，劫持跟他道别的狱友，试图再次以犯罪之名在肖申克监狱这个空间里度过终生。许多年前我在大学电影赏析课上读不懂这两部电影，多年以后的现在，这两部电影一一被深入解读、审美，而解读和审美的能力，并非来自我年龄的增长，而来自我所经历的母亲的事件，以及随经历蕴藉而来的生命痛感。值得天下人肯定的是，母亲在儿子身上倾注来自个体生命所能囊括的蓬勃而又自私的爱，这是作为女性与生俱来的责任。

猫、硅胶工厂以及母亲的心脉，它们交叉，竭力构图，最终在我——一个生于一九八九年农历六月，夹在80后和90后中间的男人的生命空间里，形成情感、色彩、心迹、经验、审美……生命对空间的每一种抉择都附带撕裂的疼痛感，但在这个打开的空间里，我坚决迈开步子走向生存与生活的任何可能性。

（发表于《广西文学》2021年第3期）

南方多芭蕉

南方多芭蕉。

芭蕉长在垄上，长在地头，长在屋前屋后。它们在南方的生长并无规则，我早晨推门擦眼看沃野，看见它们一簇接着一簇，或聚集或分散，孤独、热闹、沉寂、盎然，直愣愣地耸立在视域里头，我的目光不能一下子绕过它们而抵达远方。我的目光徘徊在它们身上，有迂回的空间。

到了每年农历七月十三这一天，祖父会提着镰刀去割芭蕉树上的芭蕉叶，他的背影由清晰到模糊地消失于芭蕉林，他要做一种叫作“夹”的糯米糍粑，为第二天七月十四准备美食。他用油绿的芭蕉叶把黏糊糊的白色糯米团裹紧，再用枯而带茧的手掌将糯米团压成砖形。这类节日美食要经过蒸笼高温蒸煮，熟透后吃起来软软糯糯甜甜的，芭蕉叶的香气镶嵌其里，我和祖父最馋“夹”中芭蕉叶的香气。年年中元节都是这个味。

后来，我与芭蕉纠缠，在审美体验中融为一体。

譬如一排芭蕉果被安静地摆放在茶几上，在客厅橘黄灯光的照明下，呈现饱满的透明的黄。那透明的黄不是晕开的、漂浮的黄，而是冷静的、深邃的黄，我望着它们出神，感到莫名愉悦——从身体里涌出来终又无法克制的愉悦。

一

我家菜园子里就种有两丛芭蕉树。父亲和母亲每年刚过完春节，就收拾行李去到神秘而遥远的东莞扛水泥，等到下一年准备过春节的时候才又回到家里。他们回来的那段时间，我每天把两只手竖到面前用力地掰指头，计算出他们只能陪我六到八天，等到第六天或第八天的清晨醒来，忽地发现他们已经不见踪影。祖父将我死死地堵在屋门，说他们夜里两点就随村里的打工大军呼啦啦地出发，此时已出广西境，很可能已进入广州地界。

广州是什么地方？东莞又是什么地方？

我和祖父开始守着菜园子里那两丛芭蕉树过日子。那时候我觉得空间特别大，大到感觉成长极其渺茫，而时间也特别长，长到我和祖父把日子过得虚无缥缈。日子轻飘飘的，毫无重量。

祖父时常到菜园子侍弄包菜、芥蓝、蒜等蔬菜，我也跟着他去到芭蕉树下找芭蕉树蛙。祖父一到菜园子里就没时间理我，大人有大人的事情要做。祖父手握着一柄铮亮的锄头，他不停地刨土。被翻新的泥土冒着腾腾的鲜香味，那味道冲着我们的鼻腔涌上来，竟有大白兔奶糖的甜味。我一个人围着芭蕉树丛转圈，试图从芭蕉树身上找出一只芭蕉树蛙，然后从它身后无声无息地伸出去两只手，趁其憨憨笃笃之际，唰的一声将它逮在手里。芭蕉树蛙通体碧绿，额上鼓着一对清澈大圆眼睛，背部两道灰色斑纹清晰可见，我找来一根细绳将它的脚踝绑住，牵着它在菜园子里一跃一跃地跳。它最厉害的时候，能跳出一根扁担的高度、两根扁担的距离。等它跳到祖父脚跟的时候，祖父嘱咐说，要防止它肥圆的屁股里射出尿液喷到我的眼睛，不然我的眼睛会失明，到时候我会像爷岭一样住在山洞里。爷岭和祖父差不多年纪，但他从小双目失明，成年后常年住在村边的山洞里，每月都要爬出山洞去镇上领取救济粮。爷岭靠一根拐杖敲击道路，以辨认黑暗的前方是否有障碍物。我见到大白天在村道上摸黑赶路的爷岭，就好像看见一条黑色的吹风蛇，我的头皮就会发麻，然后躲进附近的草垛屏住呼吸听他在村道上咯噔咯噔地赶路。

两丛芭蕉树油油绿绿的，长得真是遮天蔽日啊。它们和我家的瓦房一样高，甚至有几片肥硕且长的扇叶爬过房顶，似直奔青云而去。我家朝南的那面墙，开有一扇木架的窗，我从堂屋搬来木凳往上站，伸出头去能瞧见芭蕉树，它们挨挨挤挤地长在一块儿，躯体饱满浑圆，宽肥的扇叶堆满视域。从丛落落的叶子中间，挂出三五串饱满的芭蕉果，一串芭蕉果就像挂在空中的一座塔，塔结构严谨、层次分明。

“芭蕉果。”我紧紧抱住祖父的大腿，仰头冲着祖父的脸说。等到祖父把地翻过一遍，我早就玩腻了那只芭蕉树蛙，并且从它腿上解下绳子，将它放回芭蕉树丛最隐秘的深处。

“他们回来后，再伐下最饱满的那株。”祖父捂了捂我的额头说。

祖父俯下身来，用双臂把我托举到他崎岖的肩膀上坐下，踮起双脚试图让我伸出手去摸那一大串饱满的芭蕉果塔。祖父的身高和我的身高加起来也够不到芭蕉果塔，还差一根扁担的距离。我知道祖父不会等到他们回来才肯伐下那株芭蕉树，他只不过和我一样，对父亲和母亲的归来充满幻想，总以为他们近几天会随打工大军呼啦啦地回到家里。至于什么时候要伐下那棵最饱满的芭蕉树，祖父从不事先告诉我，祖父有祖父的计划，他要把芭蕉果塔拿到镇上集市去卖钱，换来烟卷钱。

芭蕉果快要撑破肚脐，或者塔状的它们中间有一两只开始由绿转黄时，我会在几天之后，忽然发现那株最饱满的芭蕉树寂寂地躺在菜园子里，而塔状的芭蕉果串被抽走，留下一个还在流白脓的截面。一抹血色残阳当头，我疯狂地跑上门前阶梯，嘴里呼喊着“芭蕉果”“芭蕉果”“芭蕉果”。我知道在未来的两三天里，芭蕉果会在祖父手里由青绿转成黄绿，再由黄绿过渡到透明的黄，我就可以洞开肠胃把它们吞入寡淡的肠胃。

芭蕉果肉软软的，滑滑的，糯糯的，香甜香甜的。

父亲和母亲总看不到自家芭蕉果由青绿转成透明的黄，也总尝不到那软软糯糯滑滑香香甜甜的芭蕉果肉。

我和祖父就睡在靠南的屋子。祖父把我摁进被窝后，独自抽出烟筒和烟末抽上几口，他嘴上吐出的烟雾弥漫在他整张脸庞。我眯着眼睛透过烟雾，看见他仰着头在想着些什么。他的想法很难猜得透。等烟筒上的烟烧得差不多，他转过身来往我额头亲吻一口，随后掀开他那边的棉被给他那副躯体掩上，我们才算真正要睡觉。南方烟雨迷蒙。雨沙沙地落在窗外那两丛芭蕉树上，绵绵密密的，笼罩着我和祖父的梦境。我的身体能感觉到窗外的世界是湿漉漉的，因为盖在我们身上的棉被已经受潮，并且弥漫着冲鼻的霉味。祖父时不时翻换睡姿，他无法找到能携他入梦的最佳姿态，好像他盖着的不是棉被，而是那绵绵密密的雨。他身体的某些关节正在隐隐作痛，他的关节里早就藏着一张晴雨表，每次他哦哦地呻吟，我就知道梅雨季节很快就要来临。

窗外的芭蕉树带着某种意图，使我于朦朦胧胧的睡意中，把随时都有可能发生变化的思绪，飘到那个叫作“东莞”的地方。我很想把祖父摇醒，去探明窗外芭蕉树的意图，可是祖父又忽然找到了那个可以带他入梦的睡姿，他已经好久不翻换睡姿。

雨还在沙沙地落在芭蕉树上，窗外的世界那么柔软，也那么沉寂，我脑袋里浮来浮去的思绪愈加活络起来。芭蕉树肥硕的扇叶囚住雨水，雨水往下一层的叶滴落下去，绵绵密密的沙沙声里，夹着无数层层错错的咚咚咚声。那声音似鼓声，我忽地梦见祖父变了戏法，他变成了三五个祖父，一人抱着一台鼓架在芭蕉树冠中间敲——我不知道祖父是怎么爬上树冠的。他把胸中蓄藏已久的苍凉给驱赶出来，咚咚咚，那苍凉之感倏地变成无数只芭蕉叶虫，从翻卷的芭蕉叶里逃了出来。那鼓声把我逼出一些晶莹的泪花，原来在梦境里也会流泪呀。

几只翡翠绿的芭蕉树蛙跳了出来，追捕芭蕉树蛙的青竹蛇尾随其后，令肥硕芭蕉叶卷成一团的芭蕉虫（后来才知道此虫的成虫学名叫“黄斑蕉弄蝶”）奔逃到泥土里。祖父咚咚咚的鼓声一直在响。我不知道什么时候开始睡得沉沉的，最后一帧梦是祖父从芭蕉树丛上掀下一条冒着绿光的剧毒青竹蛇，他并没有将它打死，他提着它走到河边的竹林，将它放进更深的竹林里，然后看着它逶迤消失。

二

深圳市坪山区一家硅胶工厂附近的小溪旁，也生长着一簇芭蕉树。芭蕉树丛长得和我家的芭蕉树丛差不多，肥肥硕硕的，它们伫立于溪边的土坡上，高高地投下很大面积的荫蔽。它们从溪水中吮吸营养，长得那样的饱满粗壮，树躯比成人的大腿要大得多。冠层的芭蕉扇叶错错落落，相互交叉挨着，倘若有人从飞机上坠下来，落在这丛芭蕉冠叶上，我估摸他还有活下去的希望。

有几张叶子被黄斑蕉弄蝶幼虫卷去一大半。被卷翻的芭蕉叶缩成一卷白色，像一卷长纸，远看时像缥缈的雾。也有几张叶子塌了下来，寂寂的，呈现衰败的枯黄。芭蕉树丛附近一二公里的范围，并无多少房屋和人烟，有的只是一些耸着烟囱的小型工厂。

我所在的硅胶工厂就在这簇芭蕉树的附近。

每日下午六点三十分，我准时从硅胶工厂的大铁门拐出来，往耳朵套上耳机，沿着小溪往上走三百米，再绕过那簇芭蕉树，往一个五六米高的斜坡上爬，再下坡穿过一条新建的柏油路，到对面的一座山上去散步。等到我返回来再经过芭蕉树丛的时候，天还没有完全暗下去，抬头仍见血红色的残霞涂抹天际。岭南的夏昼出奇地长，挨到晚上八时夜幕才算真正垂落。我抬头仰视芭蕉树丛，有意识将心绪撕开一个大口子，等待芭蕉树丛闯进，和我谈论生存和命运走向的问题。我想到每个人都应有个银河系，支撑形而上的追问，不然形而下的生存该有多困顿啊。

我等会儿还要加班，任务是把硅胶新品推上阿里巴巴外贸平台发布。近两天来，我、阿饶、小户、杨姐、邓姐，从负责拍摄新品的同事阿廖那里，拷来相片存到各自的电脑，并对这些相片编辑数百条英文信息，抽出一些关键词发布到阿里巴巴外贸平台。我们几个人有的来自湖南，有的来自四川，有的来自江西。杨姐是英语师范类专业研究生，工资比我们几个本科生多出几百块，她比我早两年漂到这家硅胶工厂。我很想找个安静的时间，问杨姐一年的出单量和提成各是多少。然而我和她说话加起来恐怕不到十句，天南地北的同事很难发展成为交心的朋友，况且她也和我一样，即便穿梭在工厂夹道而成的街巷，也是习惯一个人独来独往地行走。啤酒肚老板说，国外买家非常喜欢我们这批硅胶新品，大家要在这个夏天完成新品销售。其实，啤酒肚老板手上捧着一杯降血压的茶，嘴上却说着比高度白酒还要上头的话。深圳这样的地方，最不缺外贸公司，行业竞争之大，销售之难，我们几个业务员都很清楚明白。

芭蕉树丛渐渐隐没在夕阳光线里，通体变得金灿灿的，我恍惚间觉得它们形同残霞，此刻附带某种神秘色彩。我倒退了一步。这或许是夕阳的作用，使生命肃穆深邃。它们的轮廓逐渐模糊起来，有半枯的蕉叶低垂下来，抵到我的额头产生机缘似的抚摸，就好像残霞要启发我的心性，伸出手来将食指和中指点到我的印堂，欲让我获得“能忍”“能寂”的过人智慧。然而刚漂泊到这家硅胶工厂不足三个月，年纪不过二十四岁的我，绝不能过早回避关于人生走向的重大命题，我不能忍，更不能寂。我原先的设想是打几年工，积攒积蓄和沉淀经验，而后与约好的几位同窗合伙投资开一家外贸公司，实在不行就先开一家隆江猪脚饭店——这座城市的各个角落遍布隆江猪脚饭店，而且顾客蜂拥而至。那时候我的工资底薪不到三千，虽然住在工厂，但仍解决不了吃的问题，深圳这座经济特区城市的消费如同鲸鱼巨口，吞没我这尾沙丁鱼都不能使它的肚子有亿万分之一的饱腹感。我的处境变得越来越尴尬，口袋紧巴巴的，原先的野心终究抵挡不住现实的冲击而渐渐萎缩，我甚至越来越觉得野心荒唐可笑，等到周末我再去市中心找那几位同窗聚会，我们之间谁也不愿重提野心。我们眼前的这个社会远比我们在大学里用头脑虚构出来的那个社会要残酷得多，也妖媚得多。这座城市到处是耸立的高楼和冒烟的工厂，满大街都是拉着行李箱到处找工厂的漂泊者，我并不否认它有遍地的黄金，也不否认有遍地的游魂在它的边缘地带游荡。十七年前祖父描述的那个深夜经常盘旋在我的脑海中：父亲和母亲在凌晨两点钟跟随浩浩荡荡的打工大军，呼啦啦地从广西奔赴八百公里外的广东东莞扛水泥，他们的目的是能喂饱四个人的肚子，给一辈子居住在喀斯特地貌莽荡群山夹缝中的祖父治病。十七年后的今天，我也从广西乘坐绿皮火车经历长夜奔赴广东，但绝不是重复父亲和母亲的老路，而是极力寻找一个支点，用我自身的重量翘起那个叫作“意义”或“价值”的东西，尽管那个东西其实轻飘飘的。

芭蕉树丛从高处往下审视我的想法，以植物生命的纯粹性将我审视。我也毫不保留地将想法、经验、痛感、思绪摆上台面接受它的审视，试图让它帮助我厘清一条清晰可辨的精神脉络。我们沉寂在这个既透明又模糊的世界里，不做任何表情，不说任何一句话，彼此之间却在精神上产生即便是刮骨也无法剔除干净的关联。

我挪开脚步，离开芭蕉树丛往硅胶工厂的大门走。天已经完全黑了下去。芭蕉树丛还没有结出塔状的芭蕉果串，树冠那里已经抽出两大颗子弹般的蕾，那蕾积蓄了足足的爆炸势能，再有十来天的模样，等我再经过它们时，也许能看到它们开出黄白的芭蕉花。

啤酒肚老板已经端着茶杯，坐在了我们外贸部办公室。阿饶、小户、杨姐和邓姐在盯着电脑干活，他们手指敲击键盘，打字啪啦啪啦的声音使得整个外贸部办公室看上去热火朝天。我从老板跟前绕过去，心里承受默默的歉意，走到我的办公桌也就七八米的距离，硬是像走了好几公里的长路那样艰难。那啪啦啪啦的声音，像无数颗钢钉刺向我的耳膜，把我刺得一身冷。其实我没有迟到，只不过是大家都来早了，老板又恰巧不出去喝酒谈生意，威风凛凛地坐在我们的办公室里而已。我坐下来打开电脑，邮箱里只有几封一二百美元的小订单和一些没有分量的询盘，那多是澳大利亚、墨西哥的一些散商，十万美元及以上订单的询盘从不曾在我的邮箱出现。我知道业内常传一百万美元级别的大订单落户某某竞争公司，落在某某传奇外贸业务员身上，这一切既真实又陌生。

三

借调单位办公楼南面有一片六七亩的菜园子，菜园子里也种有五六丛芭蕉树。芭蕉树丛长得参天蔽日，很像绿的布、绿的云。绿的布、绿的云里头，挂出好几串塔状芭蕉果。

我从学校被抽调到这家单位工作已有两年多。所在的办公室位于二楼，闲时去到卫生间走廊吸烟，只要我蹚过一楼搭上来的铁棚，再翻上一座小平房，从小平房房顶伸出手去，就能摸到它们的扇叶。

某日，我忙得昏昏沉沉的，再去卫生间走廊吸烟时，猛地发现两株芭蕉树被伐落。它们极其凌乱地躺在地上，躯体还汩汩地渗出汁液，浓烈的植物汁水味翻过小平房，越过铁棚，猛地向二楼阳台扑上来。

我嘴上吐出袅袅的烟雾，浑身却在不停地战栗。

看见那串芭蕉果有果儿变黄吗？我对着同在走廊吸烟的同事A君问。A君和我年纪相仿，也是因为能写作，比我早两年被局里从学校抽上来。A君绝对是一位在材料堆里身经百战的“老同志”。

没见呢。他说。

谁种的这一片芭蕉树丛呀？那么着急把果伐了去。我又问。

其实，我并不想和A君深入探讨这一丛芭蕉，我和A君都心知肚明，我们无法直视它们的“血腥”。我和A君每天都和芭蕉树丛对视几支烟的时间，芭蕉树丛早已成为我们心性的一部分。无论我和A君写了多少堆的讲话稿、汇报稿，熬多少次夜发多少腹的牢骚怨言，只要站在这一片芭蕉树丛面前吸烟，情绪总能冷静下来，总觉得工作还有奔头，生命还有生机。我和A君在精神的某个地方早就达成通感，面对那两株躺在地上的芭蕉树，我们不再谈下去，只猛地吞吐烟雾。

我从深圳坪山仓皇逃回后，在这个城市急于要做的事，就是打开电脑在网上查看这座城市近两年来的公务员招聘岗位表。我很快被吓晕过去。汪洋的表格里没有一个岗位与英语翻译文化专业相对口，所有的岗位对汉语言文学、法学、会计类专业等洞开大门。我从黑色行李箱翻出大红毕业证，觉得它在现实遭遇面前，就是一个天大的笑话。在一间不足十平方米的阴冷出租屋里，我好几次把头伸出窗外，对着挨挨挤挤地写满"有房出租"的楼群，没心没肺地笑出灵魂来。我总要喧闹地笑出来。

2018年公务员职位表刚刚发出来没几天，我拨通了几个招聘单位的电话，我极力地说我能写，能干脏活累活，努力把自己往厉害里说。我很吃惊我说了什么，我从来没有过这样灼热地放大自己。招聘单位在电话里简明扼要地答复我的一腔热情：不好意思，我们只要与专业对口的。我忽然感到，我连被社会支配的权利都没有，这是一件极其可怕的事情。祖父在电话里恳请我不要有过盛的欲望，他的意思是要我保重身体——在他那里我永远是一个在芭蕉树下爱拉稀的孩子。祖父是知道的，我在思想上向城市文明发生了深刻的偏移，我即便耗尽气力，也要闯入城市去享受或承受生之冲动与生之艰难，譬如喜滋滋地购买一套房，省吃俭用供还贷款，什么样的开始、过程和结果，我都心甘情愿。

燃烧的青春骑着时间的巨兽驶入苍茫的天空，在天空喷出火一样灼热的大问号。气温骤降时，我去到一所乡镇中学陪伴一群留守儿童、少年成长，一去就是四年。惊涛骇浪似的情感渐渐扁平化，对生活的体验也逐步走向寡淡，我开始爱上行走。我试图通过行走，把许多沿途景观串起来，或者把景观叠加起来，放在我身体的骨骼中，让它们变成灵魂上的造血干细胞，造出异于庸常的奇妙体验，对抗好几年以来的倦怠、困顿和迷惘。二十公里，三十公里，越走下去，路的公里数越长。这或许是出路。

这座与越南隔河相望的边陲小城，有很多条未名路通向野地，它们形同巨型蜈蚣，弯弯曲曲的，我一个人在蜈蚣背上愈走愈远，越走越不想回头张望，直至在莽荡的山丛中间逶迤而去，消失于寂寥的野地。

去年夏天，那日在离市区三十多公里的新和镇附近山谷踽踽独行，我拐过一座山的山脚，抬头猛地发现一片芭蕉林耸立于山坡上，蔚为壮观。后来觉得这是天降的机缘。山下隐匿着一处十来亩的水塘，泉水从更高的坡上汩汩流入水塘，无疑是一条来自天上的神秘白带。体内奔腾着某种冲动，我于慌乱之中择条小径，迈开阔远的脚步奔向芭蕉林。

芭蕉树耸立在我周围，圆圆肥肥地挤满了我的视域。微弱的太阳光线被芭蕉叶挡在外围，不能直接投射下来，林中呈现浓郁的阴暗。我真是一个迷了路又失魂落魄的人，心存敬畏地穿梭于这样的阴暗之中，仿佛走进与外界隔绝起来的密闭空间。几株芭蕉树已经塌在地面，冠层均不见塔状的芭蕉果串，只见梗上的刀切面，很显然果串已被它们的主人取走。我很想会见它们的主人。一只短翅树莺在蕉林暗处发声，它拉了一段长长的波澜不惊的嗓音，声音划到末处又高高地翘起，把最高亢的清脆迸出躯体，我循声将耳膜探去，它大概在三五百步开外的某株芭蕉树上。

阴暗、潮湿，我的身体预感到等会儿有雨。我心甘情愿地等待雨的降临。好长一段时间没有淋过雨、湿过身。

有风扫过它们的头顶，芭蕉叶齐齐地向西边翻卷，大片的绿忽然变成了大片的白。我闭上眼睛洞开耳朵听取它们奏响的乐章，哗啦哗啦的，万匹野马在耳边呼啸奔腾。我不觉天地只剩下悲凉，也不觉人间只充斥着荒唐，相反，山谷之中包括我在内的无数生命高亢不已。

芭蕉林整体晃动，变成大型舞蹈现场，一株芭蕉树就是一个欢腾的舞者，我也应该是一名最有表现欲的舞者。

雨斜斜地降临。一片空蒙混乱之中，我抽出手去触摸它们的躯体，触摸来自风和雨的力量。芭蕉的力量却是柔软的。翡翠绿的芭蕉树蛙蓦地从暗处跳出来，扒在我手边的蕉叶上，憨憨转动的眼眸，向我投来奇异的目光。这类生灵真是奇妙，它总在降雨之后忽然出现，我想到耸立的岜莱悬崖上画着那些赭红色的巨幅图案。巨幅图案为聚集的人形舞蹈图案，场面宏大喧闹，是我骆越先祖的精神图腾。先祖们双臂向两侧平伸，曲肘上举，双腿分开成屈蹲姿势，舞蹈的形状如同向上跳跃的青蛙，四肢刚健有力，动作粗犷而热烈。两千多年以前这场声势浩大的蛙形祭祀舞蹈，目的是祈求生殖繁衍、风调雨顺、社会繁荣。先祖们崇拜蛙神，我作为骆越后裔，需要崖壁上的先祖降临我的心灵，赐予我生生不息的心灵力量。对青蛙我早就持有一种竭诚的敬畏之心，就像现在面对眼前的芭蕉树蛙，我绝不敢用脚或用手上的小木棍去驱赶它们。我必须尊重自然现象，雨出现的时候，青蛙就会出现，且看见青蛙跳出来，我变得更加冷静深邃。

傍晚的天色渐渐暗下来，芭蕉树的轮廓渐次消失，它们肥绿的躯体被不断压下来的黄昏篡改颜色，要看清稍远的一株，我需要把脸凑过去，擦着眼睛才能见其浑圆蓬松的形态。芭蕉叶把细细的雨丝囚成猫眼大的水珠后，水珠开始往下一层的蕉叶滴奔下去，撞到下一层蕉叶时发出咚咚咚声。我恍惚回到了十七年前的那个梦境，祖父的模样在我脑海之间清晰可辨，他抱着鼓有节奏地左晃右晃，两只手掌敲击鼓面，发出的鼓声铿锵有力。他浑身充满了舞蹈的活力，很显然，他吸收了来自风和雨的力量。

祖父终究不在这片芭蕉树林之中跳着蛙形舞蹈守护我。

孤独隆起的恐惧感不断在我头脑中突突地放大，我有些心神不宁地慌乱起来。翡翠绿的青蛙也不知道蹿去了哪个暗处躲起来，那只短翅树莺的叫声也偃旗息鼓了。我觉得我也要原路返回了——返回原来的城市生活场域继续生活下去。

等会儿下山之后，我要拦住一辆私家车，请求陌路人赐予宝座，让我搭便车而返？还是继续一个人步行三十公里，像一个流浪诗人一样在夜幕笼罩下匆匆返程？我心里没有一个能敲定下来的打算。我知道到了市区后，天色肯定完全暗下来，那时候的城市生活场域已经灯火通明、夜市喧闹，我将会在离家最近的某个夜宵摊点一碗15元的炒粉外带，然后提着回家吃，吃完冲个澡后疲惫地睡去。

我拨开横亘在眼前的几片芭蕉叶，抬头远眺远处空蒙蒙的绵延山群，思绪忽然凌空而去，我知道我并不是想要逃跑，我只不过去到很远的精神领地，作为一株芭蕉树，领受生命的开光，或积蓄来自风和雨的力量。

我挪开步履，按原来的路，穿过芭蕉林，往山下走。

（发表于《民族文学》2022 年第 3 期）

火烧云少年

我在很早以前，就学会抬头观望天际。那是一个人的孤独。天际之中火烧云烧得红通通的，能把手臂上和额头上的肌肤炙烤成铜色。我的肌肤感到灼热、滚烫。

灼热之感，针灸一样，接着刺痛我的神经。

父亲和母亲在一个后半夜，偷偷地踏上去广东的班车。他们故意躲着我，怕我醒来。日子挨到六月，火烧云就会出现。这个时候，我就学会寄命、渲染和烘托。

为什么云朵会烧起来？又为什么烧得这样通红？天上是不是住着神仙铁匠，神仙铁匠烧铁的时候火候太猛，溢出的热量把漫天的云朵也烧红？我逼着自己问出个所以然，奇怪的是，我额头上的毛发因此渐渐枯黄起来。

我一个人能干什么呢？我一个人只能抬头看天际。

后来，当我看到木棉花红彤彤地开的时候，我就认定火烧云是被木棉花给烧起来的。一朵木棉花就是一只妖娆的小兽，会喷火的小兽。

是的，木棉花，喷火的小兽。

于是每年的三月，我提着蛇皮袋去收小兽。火烧云大概在每年的六月起才会出现在天际，我要赶在六月前，也就是火烧云出现前，把那些喷火小兽从木棉树上赶下来，防止它们的嘴里喷出过旺的火苗。木棉树数十丈高，它的冠擎在高空，即使无数个我堆叠起来搭成人梯，也无法伸出手够得着那些小兽。我只能拖着蛇皮袋在树下等风，风真是得力的帮手，唯有风才能把树冠上喷火的小兽吹落。

木棉树的树躯比祖父的腰要大上十几倍，我能抱着祖父的腰喊他生火烤玉米棒给我充饥，却远不能抱住木棉树的腰把树冠上火红的小兽摇下来。无数小兽挂满木棉树苍劲的枝头，它们红得像烧成浆的铁块，向着天际喷着火浆，使我在三月份的时间里分明看到六月份以后的火烧云。我一个人踩着刚刚埋入玉米种子的泥块，弯腰伸手去捡跌落在地面的小兽，弯腰的瞬间听到脚下土块碎裂的咔咔声，这声音最让我相信我是鲜活的物种。那些跌落下来的小兽依然红光满面，它们安静地躺在地面上，五瓣花瓣很像它们头上的角，肥肥硕硕的几乎可以拧出水来。先前有人来捡过这些小兽，因而地面上的小兽并不多，我大概每天只能捡一百二十只。我得等风。

我出生于1989年6月，父亲和母亲生下我时，他们二十来岁。在我八岁的时候，改革开放进入了最迅猛的发展阶段，广东的工厂遍地开花，制衣厂、绣花厂、玩具厂等火遍全国，祖父说广东是全国打工人的汇集地。父亲和母亲去的是水泥厂。祖父坐在门槛边上抽烟卷，说一袋水泥五十公斤，和自家猪栏里正在吃潲水的小猪一样重，我要长到十八岁，腰部和肩膀攒够气力，才能扛得动一袋水泥。我对五十公斤这个重量概念摸不着头脑，后来趁祖父扛锄头去垄地刨土，我偷偷爬进我家猪栏拦住那头小猪。我蹚过臭气冲天的软绵猪屎地，两只手紧紧攥住小猪的尾巴使劲往后拖，那猪竟然纹丝不动，眼里还斜斜地射出不屑的目光，昂着头对我哼哼两下以示招呼，有此体验，我这才对父亲和母亲所承受的生活重量有了深刻的认识。

每年刚过完春节，村子就像一个刚打满了气又突然泄了气的气球，只剩下疲软的皱巴巴的皮。这是一场集体的规模盛大的躲猫猫游戏，浩浩荡荡的打工队风一样来无影去无踪，打工队预谋好是哪一天夜里出发，出门的时候在自家孩子的额头只留下一个细细的吻——绝不能让自家孩子醒过来，哭闹，耽误行程。

打工队离开村子的那天，木棉树上的小兽已经绽放。木棉树下有许多鼓起来的旧坟墓，坟墓涂上了白色的石灰。坟墓看起来像极了白色馒头，我就是在许多白色馒头中间，守着风把小兽吹落。我把埋着人的骨头的坟墓想象成馒头，想象的源头很可能是肠胃中翻涌上来的饥饿之感。我拖着蛇皮袋捡火红的小兽，也是因为饥饿，那些小兽和一种叫作“油司”（壮话）的食物有着紧密的联系。油司形同我那时的拳头，浑圆的形体被热油炸开豁口，这类食物纯粹由面粉和糖组合而成，咬起来粉粉脆脆甜甜的，也极其耐饿，我乃至无数孩童，发了疯似的对它爱得深切。那时，即便我抱住祖父的大腿哭上一两天，也未必能求来一个油司。后来我才知道油司就是开口笑。我把收来的那些小兽，全部摊晒在阳台——我家阳台是用竹子搭起来的，它们挨挨挤挤地趴在竹台上，在太阳的灼晒之下逐渐烘干水分。我蹲坐在竹台旁守着小兽，头顶上的火烧云投下金黄色的光芒，等它们变成干枯的蝙蝠色模样的时候，我就可以将它们收装到蛇皮袋里，然后等待收破烂的人出现在屯巷里吆喝。我只要听到收破烂的吆喝声，就知道我将有两元钱的收入，两元钱可以买下四个油司。

有一年，我坐在我家门口的石阶上看火烧云，等待小兽们的变色。我突然看见四个男人抬着一副盖着白布的担架，从远处缓缓地挪移而来。担架的周围簇着三五个男人，我看得出来他们走了很远的路，他们抬担架的步子有些飘和抖。等到那副担架再逼近些，我忽然听到屋后彩姨在自家石阶上号啕大哭起来，那悲惨的哭声传到我的耳朵，我浑身就像触电一般，意识到在那副白色担架上躺着的，就是彩姨男人的尸体。后来我再看一眼那副白色担架时，村道两旁已经站着许多默不作声的大人。我冲进屋里找到祖父，向他描述外面好多人抬尸体架子的模样。

祖父不惊不乍。他从上衣口袋里摸出一支烟卷，不紧不慢地将其点燃，才走出门去看那副白色担架。

我随祖父挤进人群里头，那副担架刚刚抬过我的眼前，准备要抬上彩姨家阶梯时，一个响炮凌空爆炸，接着又两个响炮凌空爆炸。我吓得后退几步，躲到祖父的身后，两只手紧紧攥着祖父的衣角。

彩姨男人是领财政工资的干部，生前在邻县工商局工作，他一个月甚至几个月才回来一次，因此我很少见到他。

我家一间屋子的窗，与彩姨家一间屋子的窗对着开。彩姨见我个头矮小，额前的毛发枯黄，知道我长身体的过程中缺油水滋养。她常从她家的那面窗户伸出拳头来，冲着我家的这面窗户呼叫我的名字。我听到她的呼叫，立马从黑洞洞的橱柜里摸出一个瓷碗，欢快地跑过去，伸出碗去接住彩姨的拳头。彩姨的拳头松开来，有时候是几块肥猪肉，有时候是一把糖和饼干，有时候是一个油司，最丰盛的是过年时候她手里捏的五元钱。

彩姨好可怜！

我觉得我应该为她做点什么，可是我想到那都是大人们的事，我并不能做什么。我杵在人群之中，孤独将我缠住，使我呼吸困难。

我知道从此以后，彩姨的拳头再也没有伸进我家的窗户。我再也没听到她呼叫我的名字。

祖父经常差我把他在山上打来的竹笋剥好，送一点到彩姨家去。祖父交代给我的任务还有带彩姨的女儿阿妹出去玩，使她挣脱家庭变故的黑暗笼罩。我带阿妹去村尾捡小兽，我们奔跑在刚刚长出玉米嫩叶的土地上，于远处看见火红的小兽跌落下来，便要比赛奔跑的速度。我和阿妹像两只孤独的小鹿，奔跑在旷野之中。阿妹仰面看树冠上的小兽时，我发现火红的小兽，很像阿妹的脸蛋。而那个刚刚隆起的椭圆“馒头”，就在一棵高大的木棉树下伸展着，那里的小兽跌落满地，阿妹和我不敢靠近。火烧云在那棵高大的木棉树头顶上，也烧得最血红。

在很多人的眼里，火烧云是一种极美的天际景象，然而对于那个年代的留守儿童，却成了怀伤的意象。现在，我的父亲已经闭眼很多年，我的母亲回到我身边生活，火烧云潜藏在我的体内随时都有可能燃烧，它像烧红的铁钩，钩进我现在的生存肉体。

时空发生了深刻的错位。

作为第一代留守儿童的一个个体，精神和心理遭遇上的一个个案，我软弱、自卑、困顿、迷惘，情绪在我的躯体之中随着血脉四处奔走，它们很像条状的灵魂吸血虫，把我体内旺盛的体魄一点一点地吸食。

我在一间只能装得下一张床的出租屋，摸着鼠标对自个儿的简历发起了猛攻，借助浮起来的想象，把自认为厉害的优点通通摁进表格框架中。这个过程无异于自己动手装修房子，我四处面临“资金”和“原材料”缺失的严重问题，最后，我什么也做不了。这间出租屋暗沉沉的，连晒衣服都是在屋内，除了电脑屏幕在发白光，能发光的就是我的眼睛。我把在地市日报上发表的豆腐块散文的电子扫描件附在简历后面，试图让整个简历也发出一些微光。我有好几次离开那间暗沉沉的出租屋，就是去到街道上的打印店复印那些豆腐块。

我必须拿下这场面试。按照我银行卡的余额，我再不拿下这次面试，这个月末我将被房东上门索要租金，交不上租金就会被房东用大锁将门锁紧，要是我在屋里头我就出不去，要是我在外头我就进不去屋里。房东骂人骂得厉害，隔壁一对福建青年夫妻受不住她的气，十天前大包小包地搬走了。福建夫妻搬走前的一天夜晚，他们敲开我的屋门，把一口长柄铁锅塞送给我，说："铁锅带不上了，兴许你能用得上。"我当时正好缺一口能煮面条的铁锅，便毫不犹豫地接受他们的好意。我们掏出手机相互记下了电话号码，但我知道我们之间没有机会再见面了，最终也不会电话联系。我握住男青年的手说："好走，指不定哪天发达。"其实我说这句话，有一半是对我自己说的——嗯，指不定我哪天发达呢！第二天上午他们搬东西下楼，房东站在门口等候多时，她提早做好了关门的准备，随时都能把这一室一厅的屋子重新租出去。房东非常清楚广东最不缺上门求租的租客。我默默注视着那对福建夫妻扛着大包小包走出门去的背影，他们此去一站是龙岗，我心里急急地打转，想着如果我真到了像他们那样的地步，我肯定一声招呼不打一走了之，让房东没处说去，至于那时我要去哪里，盐田、宝安，或者东莞长安、金凤凰什么的，都有可能是我的下一个漂泊地。逃也是解决问题的方式，虽然很狼狈，但并不难看，因为房东没有看见你逃的过程。我很早之前就想过要逃走，其实房东也不亏，六百元房租押金还押在她那里，算下来她还赚百来块。

囚禁在这间窄小的出租屋里，我进入了无边无际的黑暗，连续好几天失眠，我张大嘴巴，口鼻并用地呼吸，有时仍喘不上气来。我想尽各种办法，把自己拽进睡眠的舒适区，因为我深刻地知道，要拿下这场面试，我必须精神饱满，气力充沛。我躺在床上，火烧云却从时间的深处逶迤而来，或从天上缓慢降落，降到我的睡眠之中，把那个真实的“我”氤醒。“我”一副畏畏缩缩的模样，喜欢远离热闹，躲在杂草丛生的僻静地，一个人驱赶蚱蜢、蚂蚁，对自身命运表现出极其冷漠的态度。火烧云少年身上软绵绵的情绪，延续到了当下，根本对付不了来自现实的挑战，稍有冲击就像现在一样，面临漫漫长夜的失眠。

我有好几次醒来，站在墙上那面没有边框的镜子前，说：我刚刚杀了个人，那个被杀掉的人，就是那个软绵绵的火烧云少年。

招聘方是一所新建私立初级中学，他们要招十二个英语教师，待遇极好，有五险一金。招聘方用学生教室当作面试考场，六个评委坐成一排，他们穿着整齐的西装，腰板挺得笔直，面前的桌子上都有一支水性笔、一张白纸，等待审视站立在讲台上的面试者。到我走进面试考场的时候，我原本练习好了的呼吸节奏，一下子被六个评委直射过来的目光打乱，我的身体很快不受控制地进行毫无规则的抖动，我弯腰低头向六位评委问好，而后开始我的试讲。我的嘴巴好像被好几根牙签扎过一样，表达遇到了万重高山险阻，吐出来的语言变得鸡零狗碎，一个很完整很漂亮的英语句子，被我的嘴巴拆成散装词语后，主谓宾全部逃遁到空气之中。

空气很安静，并且迅速凝固，我只听到我的心跳。

从一开始我就试讲不下去。我用面皮撑起来的微笑，显得扭曲。我突然催促自己，快点试讲完，然后奔赴另一个地方参加另一场面试吧。

我走出面试考场的时候，思绪却仿佛缥缈的天空，一点痕迹都没有，也没有丝毫的波澜。刚刚处在紧张情绪的尖刀口，这会儿连脚步都是轻盈的。我从来没有这样平静过，也不知道这样的平静从何处而来，但我知道这样的平静其实蕴满了忧伤的底色，这和我年少时观看火烧云景象的心境，有着惊人的相似。

面试考场外有两排凳子，坐满了和我一样刚刚从大学走出来的毕业生，他们在低头默念试讲稿，其中有人抬头看了看我的神色，脑子里却在酝酿着精彩的句子，他们的目光和思绪是分离的、割裂的，他们根本没有在看我。我没有直视他们，径直从他们跟前经过，一个柔软的微笑也不赠予他们。他们身上散发出一种自信的气味，他们有细腻的肌肤，有几近完美的身材，身上的装扮袒露城市的气息，他们很吻合招聘方的审美口味。我没必要担心他们会像我一样把一场面试弄得乱糟糟。我只管快点从这条走廊走出去，然后消失。一个刚刚经历失败的人，此刻应该返回出租屋，开几瓶啤酒把自己浇醉——我和很多漂到广东的人一样，变得特别爱抽烟喝酒。

我重新站在一堆人里等候公交车。

此时已是下午四点多，我要趁早乘坐回平湖的39路公交车。我后来觉得我应该找家沙县小吃店，先吃个饱饭再回去。我没有抬头看天际是否有火烧云，广东四处都是工厂和汽车，从我两个月前踏足这片热土，我就没有看见火烧云的景象。可能是我为了一口饭忙于奔走，而不再时时察觉头顶上天际的变幻。我对广东气候的关心其实很无趣，因为我体内就一直住着一片血红的火烧云，它随时都可能出现，让我软绵绵地活下去。

黑压压的人群挤进公交车，后面的人推着前面的人，我夹在人群的中间，身体完全可以挂在人群里，因为我明显感到我的体重并不由车板承担。后面有人不耐烦地喊："快点啊！"可是好大一群人挤在登车口，怎么快得了啊！我没有回过头去看身后是谁在喊快点，但是他的声音充满了焦虑和忐忑，我知道他正在赶时间，要奔赴一场面试。

我的下一场面试是周二上午十点，招聘方是一家位于坪山区的外贸公司，网上查到注册资金是一百万元，主要经营硅胶产品。

火烧云仿佛是魔鬼，把我从职业竞争中节节拽下来。

我无法改变火烧云的血色，我站在出租屋的楼顶伸出手去，也无法触碰到它的血色。我孤零零站立在它的笼罩下，觉得它离我的头颅有万丈之远，可又觉得它潜藏在我的体内，渗进跳动的脉搏之中。

我忽然责怪起父亲和母亲，责怪他们把我丢给了血色火烧云，交由血色火烧云来掌管我的脾气、性情、孤独、脉搏、呼吸、想法。我到现在还那么清晰地看见那个火烧云少年。少年独自坐在木棉树下，仰着脸凝视火烧云，他身材矮小，面色蜡黄，有时自己和自己对起话来，说一些缥缈的事情。火烧云少年的父亲和母亲每年只回来七八天，回来的时候给少年带来好几套新衣服和一些糖果，然而少年躲在祖父的后面，像看陌生人一样盯着他的父亲和母亲。少年心里乱糟糟，扯着祖父的衣袖，手心攥出许多汗液。这天是腊月二十九，当晚十二时要放鞭炮，少年的父亲隆重地举起右手摸向他左边胸口的衬衣口袋，万般谨慎地摸出一张方方正正的红色纸票，随后又抽出左手搭上去，两只手各捏红色纸票的一边，恭恭敬敬地送上八仙桌的正中心。少年的母亲从里屋递来一支香，少年的父亲用两只手接过，挪动腰板稳稳当当地插进香炉，他后退了两步，嘴上念念有词，弯腰低头拜了起来。少年默立在一旁观看，他从父亲的念叨中听到，父亲想要靠那张红色纸票发家致富，然后推倒老屋建新房。少年在很多年以后才知道那张方方正正的红色纸票是双色球彩票，放到现在，一等奖奖金达到了五百万元，一座城市熙熙攘攘的人群之中偶有人中过。父亲和母亲的所作所言不过是体现了典型的求富心态。

少年的父亲和母亲没有演好人生这一场大戏，最初设定的欢喜的结局，突然走向了悲凉的结局。少年的父亲轰然病逝。水泥工厂的粉尘长年侵入少年父亲的肺部，在父亲的肺部日积月累地积压，再加上父亲一天要抽一包以上的烟，使父亲在四十岁出头就患上肺癌，检查结果出来后，基本等于被判死刑。少年父亲走的那一年，老屋还没有被推倒重建，给父亲上医院治病的开支，反倒耗尽了少年父亲和母亲去广东打工多年的积蓄。

我疲惫地回到了出租屋，把出租屋的门关紧，用那对福建夫妻送给我的铁锅煮了一碗鸡蛋面，潦草地把自己的肠胃填实。在有铁锅之前，我常去附近一家福建沙县小吃店点一碗炒米线充饥。吃饱后我什么都不想做，躺下来把软塌塌的躯体埋进被子里。这暗沉沉的出租屋，真不漏一点日光进来，白天完全能当成黑夜来使。

我醒来的时候，时间走到晚上九点。我知道等到十一点过后，真正要睡觉的时候会很难入睡。这样的睡眠是痛苦的。

我不知道刚刚为什么要做这样奇怪的梦。梦中我驾驶一辆大巴车，行至街道的中心，突然间刹车、油门、离合大乱，大巴车横冲直撞地撞向电线杆、他人的房子、猪肉铺、小吃店。当我在混乱中拼尽全力将大巴车熄火后，抬眼看到极其惨烈的车祸现场，我浑身发抖，猛地抽泣，感到湿漉漉的泪水流到耳根。随后一群人一哄而上将我拖下车，把我严严实实地围住，一些拳脚打到我的后背和屁股，我一点也不感到疼痛，但我知道我要面临赔偿，永无止境的赔偿。我抱头大喊彩姨的名字，希望她突然从附近的某条巷子里奔过来，用浑身气力拨开像围墙一样的人群，然后张开温暖的双臂将我紧紧抱住，随后跟着我一起抽泣。我又忽然想到，死了丈夫的彩姨，最后带着阿妹搬去了一个我叫不出名字的陌生地方，我早就无处寻她了。

我浑身燥热出汗，极力睁开眼睛，封闭的出租屋在游移旋转，我处在一种轻微的眩晕之中，又好像被囚在湿漉漉的水里一样，身体被水波荡来荡去。这湿漉漉的感觉，很明显来自周围无数出租屋晾晒衣物后跌落在阳台铁皮挡雨板的咚咚水滴声，密集的咚咚水滴声，使得每天晚上都像在下雨。

“醒来了就继续战斗吧。”我对自己说。

我走到那面粘在墙上的全身镜前，开始操练周二的面试。我首先要操练的是脸上的微笑，以及身体鞠躬的弧度，这两个动作事关重大，面试官对我感兴趣与否很可能就取决于这两个动作。我吸了一口长长的气，再缓缓地吐出来，随后在胸腔之中酝酿情感，逼自己制造出某种自信的愉悦感。而后是操练英文自我介绍——外贸行业面试必不可少的内容。我必须滚瓜烂熟地背出自我介绍稿，其实说什么话，不能说什么话，我早就了然于胸，并且能用英文毫无障碍地自然陈述，可是为克服今日这一场失败的面试带来的自卑和紧张心理，我必须把自己的嘴巴磨成机关枪，出口就要波澜壮阔、摧枯拉朽，攻破面试考官的防线。

我在镜子面前进行无数次重复的动作，直至晚上十一点半，我才停下来。抬头发现自己孤零零的镜像，墙上的镜子几乎紧贴地面，我站立着从高处看镜像，镜像略显崎岖变形。是的，我那个火烧云少年又爬了出来，他在我的脸上、发间、腰间，在我飘忽的眼神之间。不过这次，少年突然变得极其刚毅，为了挣得一口饭吃，现在看起来是那么的拼命。我也因此能忍受常人不能忍受的压抑和饥饿，就像现在在这间密闭的出租屋，三百块钱可以顶一个月十四天，我承受着鸡蛋和面条对我的轮番折磨。鸡蛋和面条这两样食物，使我后来在很长一段时间里，对它们保持着深刻的恐惧感。

镜像自卑、消沉，很少说话，神色慌张，身体略微发抖。然而，他正在拼命，突然咬着牙打出了一套拳法——我对着那面镜子打出了一套拳。组合拳打着打着，他浑身充满了血性，眼睛杀气腾腾，活脱脱一匹饿狼。狼要吃肉。

周二的面试，那家硅胶公司的外贸部主管是高个的四川女人，她端坐在长桌的正对面，全程使用英文对我搜刮提问，也要求我全程用英文答复。她说她很担心把我培养成外贸能手后，我会逃离这家公司，去到更高待遇的公司入职，她见过太多把她这儿当踏板的“叛徒”。她两只眼睛紧紧盯着我的眼睛，射出的目光有很深长的意味，她其实是在逼我作出气吞山河的决定。她的严苛于我而言是好事。

我挺直腰板，机关枪射出无比灿烂的火花——这是生命在突围时的高光时刻。我说：“我能吃苦，能加班。我是一个不断给人生设置难度，一个关口一个关口地去突破的人。”

高个四川女人很惊讶我后面的这句话。她眼睛突然一亮，而后脸庞上飘过片刻的迟疑：谁会给自己设置难度啊？

“我是一个不断给人生设置难度，一个关口一个关口地去突破的人”，这话到底是从身体里的哪个部位冒出来的，又在面试准备结束的时候从嘴巴里蹦出来？我惊讶于我此刻的创造力和在绝望中突围的野蛮冲撞力。

我知道我绝不是那样的伟人。

高个四川女人叫我回去等通知，并要求我保持电话畅通。我走出这家公司大门，一股热浪从外头直突突地扑上来，我看到街上的人们在往不同的方向奔走，过往车辆也在往不同的方向奔去，这个世界看似一个浑厚的整体，街上走着的人和车里坐着的人，蚂蚁一样都在分割这个世界的肉体。我也是一只蚂蚁，还没有分割到一口肉食。我的脸红透了，身体也跟着燥热起来，我想脱下外套。

坐在返回出租屋的公交车上，我透过玻璃车窗，在无数高楼和工厂烟囱的缝隙里，看到夕阳在迷蒙的云里渐渐沉下去，我仍看不见火烧云。

我真想找个僻静的地方，和火烧云少年好好聊一回。

（发表于《广西文学》2021 年第 6 期）

带着画册出发

一

2018年9月的最后一天，我将我要调离乡镇学校前往市区工作的事情告知我的同事。我慌忙收拾书籍及衣物的间隙，我的一位执教美术课的同事突然将一本庞大厚重的画集捧到我面前，说这是她最喜爱的画家的画集，要在我离开乡镇学校前赠予我。画册闪着一道亮光，如同火柴棒划在火柴盒上，燃烧在了我的眼眸及心里。

是石涛的绘画集。

她说，出门远行的人需要这样的画册。

我迫不及待将画册打开，扉页右下角有她的签名“露”，以及接连着的英文名“Lucy”，字迹潇洒飘逸，有生命向上的冲力。我的眼睛，我的生命体验，我的灵魂，开始翻阅画集。任何关乎艺术的东西，对于一个漂泊的人来说，最能轻而易举地打动人，使人感到某种超脱。这大概是艺术触及灵魂的缘故吧。

二

在乡镇的四年时间里，山河莽荡，南疆的土壤和气候，让四季更替得慢，深秋时节也只偶见落叶。我极少感到秋之于人的那股寂寥悲怆。到了每年的深冬，弯弯扭扭的江河也未曾有过冰雪，只是清瘦下去。是的，到处山花烂漫，草长莺飞，我随意去到哪个破落的地方都不觉万物枯燥乏味。然而我无法承受的是，我体内的经脉里竟有莫名的一脉，在每日黄昏将去未去之时隐隐作痛。我每日看日出，备课，上课，批改作业。周末钓鱼，上山挖淮山，下江河游泳，捉野鸡。我将时间安排得满满当当，我的时间也总是趣味横生，而我仍避不开黄昏时刻那莫名的一脉作痛。每日天一黑，除了窗外沙沙作响的甘蔗林，什么也没有。

我一味地孤独下去，时间和空间的变换变得慢的时候，对孤独，我竟从反抗走向迷恋。远在一百八十公里开外的是家乡，它躲在天等县（曾是国家级贫困县）的某个偏远乡村，那里四面回环的大石山丛几乎堵住了所有外逃的去路。我是暂时逃了出来谋了职业，而我的母亲还未逃得出来，时间和空间的关系仍悬在我的额头上。那时我尚未“遇见”石涛和他的画册，而漂泊之中的生命能觅到令人感到重生的寄托实属登天难事。也在那时，十九世纪七八十年代西方绘画浓郁的印象派风格，只在我的审美体系里若即若离，我的灵魂也不曾偏向西方的技艺（也如我的肠胃，难以接受奶油面包和牛排），诸如光感的变化、色彩的效果、印象的瞬间，马奈、莫奈、雷诺阿，《草地上的午餐》《日出印象》《红磨坊的舞会》……他们只在我的体系中高呼一阵子，而后适当退位消失。我自知对生活毫无办法后，海上画派突然闯了进来，暗合了生命琴弦上的诸多共鸣，我总算在人体上抚平了每日隐隐作痛的那一脉，将漂泊的孤独感剥去大半。然而，漂泊和孤独大概是人生常态，这样的一脉到死也是无法根除了，男人和女人毕竟都是有温度和情感的。

调到新单位工作后的半个月里，我几次被派遣到更遥远的地方出差，我的任务是要和一家破旧的印刷厂对接，编辑和校对一本四百多页的《均衡教育专刊》。每一次出差，我都将衣物、水瓶、洗漱用品、笔记本电脑，以及那厚厚的一大沓书稿收拾好。出门的时候，我的两只手和脖子上往往都挂满了行李，身上已经没有了任何的间隙再顾及对其他东西的携带。第一次出差时，或许是冥冥之中的某种命中注定，我的脑浆触电一般，漂泊的孤独感使我猛地想起石涛的那本画册，哦，它还在车的副驾上，我几乎奔下楼梯，像和一位重要人物见面那样紧张慎重，我一定要带上它的。

我和画册挤上了火车，乘务员提醒我赶紧找到自己的位置坐好，火车很快就要离开脚下的城市奔赴另一座城市。我所在的封闭的火车车厢里，挤满了和我一样漂泊的人，我貌似有些乐观，确信车厢里每一位乘客的心里都有一处能把当下庸常生活剥离的远方。但轰隆隆的火车不断地跋涉，以及数次在站点停留后，人们开始对远方产生疲惫感。人们很少说话，或者干脆一声不吭，面色凝重，满腹心事，人们真正关心的是此次外出的因果，而深奥的因果关系也正在给他们构成深刻的烦恼，生命何其具体，又何其抽象。爆破的薯片、裸露的卷筒粉、剥了皮的橘子、翻倒的八宝粥，还有盘旋在座位上的着袜大脚，各种味道溢满了整节车厢，人们的模样变得越来越迷蒙。我当然也窥见了满心欢喜的人们，他们大多戴着耳机把世界封闭起来，双眸专注地盯着手机屏幕看，网络上的某些娱乐视频正在打动着他们的灵魂，他们时不时蹦出哈哈的笑声，周遭的事情对于他们而言早就显得毫无瓜葛。

我将思绪从人们的脸上抽离，而后用心将画册缓缓翻开，石涛正式进入了我的体系，它开始以润物无声的方式，把我从世俗中一步一步地腾挪出来。画册沿边侧页上的眉角，开篇即是石涛的人物简介：

石涛，清代书画家。僧，本姓朱，名若极，后更名原济、元济，又名超济，小字阿长，字石涛，号大涤子，又号清湘老人、清湘陈人、清湘遗人、粤山人、湘源济山僧、零丁老人、一枝阁，晚号瞎尊者，自称苦瓜和尚。广西人，明靖江王朱赞仪十世孙。

我的内心强烈地震动了一下，我实在难以想象，一位书画家，何以不嫌麻烦地给自己安放如此之多的名和号，并且在众多名和号之间内透人生的思索张力？！莫不是这位书画家身上有着非比寻常的人生波折，抑或灵魂上的苦楚？！我在火车上是这样想着石涛的：漂泊，流浪，迷恋残阳，直至情不自禁把自己比作苦瓜。他或许从某一处后院中瞧见苦瓜，并将其摘下捧在手上端详，他深刻地发现苦瓜皮衣多褶皱，神似歪歪曲曲的跌宕人生。而后他将其翻炒，将瓜肉夹入口中，瓜肉入口极苦，舌尖备受折磨，然而极苦之后，清甜尾随而至，香气于口中四溢弥漫，他一瞬之间大彻大悟，惊呼此物非同凡响。他于是席地盘腿而坐，想想人生根本没必要这样纠结，也无须那样患得患失，漂泊过、痛过、沦落过，颠沛与流离当入禅入佛，是时候构建自己的精神家园，而把文人的本分做好，做孤傲的自然人。那苦瓜，即文人本分。

车窗外是广西地区典型的喀斯特地貌景观，我居住的小城正往后退的方向一截一截地奔走，我弄不清是我正离它而去，还是它正离我而去，我并未站在离别的制高点，而它已经消失在视线里。莽荡的群山在腾挪飞奔，我无法将视线定格在任何一座山峰，方向的极速对位使我对它们只有大概的印象。

三

我的父亲死于肺癌晚期。

母亲在父亲死后的一两年时间里，她每日的被褥被泪水浸泡成吸了水的海绵，我每日在堂屋里听见她呜呜地悲号，但又不敢踏进她的房间，因为我一踏进她的房间，母亲准会对我说起父亲生前的事情和死后的事情，然后她的眼眶中又不断涌出凶狠的苦水来把我的心脏淹没至窒息。平日里我很少说话，又极为笨拙，不善于说一些宽慰她的话使她挺住一切继续活下去，我只能将这份工作交由我的伯母、婶婶，让她们进入我母亲的房间用“甜言蜜语”堵住母亲的泪水。

父亲的早逝，使我遭受冷眼、抨击、打压、诽谤，我大多在焦灼隐忍的情绪中活着，我如同被扣上了一顶黑色的玻璃罩，低头和仰头都见不到盛大的阳光。我知道我必须拼命读书，拼命找工作，拼命干活，诸多方面我要比别人厉害一截才能养活自己和母亲。大学毕业后的那几年我去了偏远乡镇的中学任教，我在一间稍显破败的房屋里居住，房屋的窗外是甘蔗地、原野和山丘，我每日拉开那片斑驳老旧的玻璃窗，总能轻而易举地望见夹在甘蔗地、原野和山丘中间的馒头似的隆起的坟头，它们有些是多年的旧坟，有些是新冢，新冢上的幡还在空中耀眼地左右飘扬。夜里猫头鹰在窗外咕咕咕地凄厉寒叫，老鼠在我堆放杂物的墙角窸窸窣窣，夏天我烧了一圈又一圈的蚊香驱赶蚊虫，蚊虫眩晕着在我的脑袋边上嗡嗡打转，时不时落在我的茶杯里，我铜红色的茶杯里荡着它们迷糊挣扎的躯体。有时我也连同那些蚊子一起眩晕，肺部终于无法承受蚊香烟雾的侵入。我是和动物一起挨过那些日子的，我的学生最了解我的遭遇和脾性，他们把我形容成能与鬼怪妖魔相匹敌的“奥特曼”。那时我走投无路，冥冥中总爱看国画，也总爱做些离奇古怪的梦，因此自觉又不太笨，学会了潜入氤氲的画里佯装成流落四方的渔民，做了渔民我就能在大体上安抚些情绪。后来在意识流式的日记里，我是这样做梦的：

我在阳光和雨雾交汇的季节里作漫无目的的漂泊，将生命里所有跳动的孤独和欣喜毫无保留地放逐，且把青菜和猪肉的价格束缚在另一个空间里。当我感到我的身体和情绪被放空的时候，我得停靠在一处江岸，把船绳系在一盘曲扭而富含生命弹性的树根上，而后解下衣带放钓。没有谁知道，我这样孤僻古怪的人，在这个默默空寂的世界里，正在重新积蓄孤独和欣喜，为下一次放逐而准备。

或者是这样的，水养育了生命，生命生发了漂泊，漂泊的人极易想念水。如是的道理，使我明白大多数孤独的人，或者伤心欲绝的人，最易将灵魂甚至是躯体投入水中，水和漂泊的哲学关系有时候会使生命事件走向极端。

我祖父说事件又不全是这样。他比划着对我说，比如人渴了要喝水，比如父亲的身体脏了要用圣洁的水清洗身体才能穿好衣服入棺。是的，祖父的话语是中肯的，我且将水和漂泊的哲学关系转换成为某种生命向上的空间，极端悲观的想法果然从怆然中脱离，转化成生命喜悦的想法。即使生活百般纠缠，孤独成分的演变从索然的寂灭骤变成横生的趣味，灵魂上的漂泊终将在无知无觉中抵达诗性和远方。

我是爱极了水的。因此，无论生活怎样的漂、窘和困，我总觉中国画册里的氤氲水汽，似乎从遥远的地方袅袅而来，在适当的空间里或开或阖，也在合适的时间里或紧或慢，弥漫出一抹又一抹、一朵又一朵雾一般的虚实，极为吻合出门寻水的僧侣之心状，僧侣的“形象”一出，便有普度众生的意念，我便是那位需要普度的可怜的人。我终被石涛的水濡染，我们叠合，交融。时至今日，画册告知与我，天地先予人疾苦与疼痛，而后才呈以大美而不言。在我被现实压得步履艰难的时候，石涛画册里的那股氤氲流水在我的心灵正中央荡出了更为完满的另一个世界，我再也不去想那生与死，安定与流离，福与祸的事情。

四

火车在我的耳膜上轰隆隆地震动了两个多小时，它终于抵达了它想要抵达的城市——南宁。而我拖着那捆厚厚的书稿，脚掌在迟疑中艰难踏入这个如同蜂巢的城市。大概是内心之中的归属感牵住了我的脚踝，莫名其妙地，我竟闯入了农村和城市之间无声无形的拉锯战，并站在锯齿上承受那份隐性的尖锐。整个下车的过程显得迷迷糊糊，是的，我体内那一脉疼痛，又隐隐地上来了。

我在黑压压的人群涌动中来不及辨别方向，就胡乱叫了一辆绿皮出租车。司机摇下车窗，鼻子上挂着硕大的黑色太阳镜，问我要去哪个地方，我说："西乡塘北际南路15号，雅里人家附近。"上了车之后，我又问："远吗？"他将脸转向我的座位，说："不是很远，就怕堵车。"说完，归入了沉默。后来车子在一些高楼的间隙里穿过，拐过一座正在修缮、撑满了钢管支架的大桥桥底下后，路果然堵了起来，后面的车辆开始摁起了喇叭。那些璀璨的玻璃高楼，高档服装店、餐厅、护肤馆，开始撞击我的双目，闯入我漂泊的孤独，引发严重的自我否定。父亲去世后的许多年，我、妹妹和母亲为了扛住艰苦的生活，已经多年不添一件新衣服，不着一双油鞋，我浑身挂着的衣物都是一本又一本的"旧账"——父亲的死，使家里欠了许多账，家中光景实难让人有一口清新的空气下咽，空气中到处弥漫紧迫感。我被迫拿我身上的衣物和眼前的文明对比，我无法避免精神上的顿时萎靡，更无法应对突然间膨大起来的漂泊感。我突然间想和司机聊"寄托"这个词，碍于他的沉默，也不知从何说起，作罢，沉默下去吧，这个世界或许无需太多的语言。

车子在一个三岔路口将我放了下来。我知道剩下的路程需要我自己的双脚去走，我的领导只给了我印刷厂的厂名和它模糊的地址。我循着导航软件，穿过了几条低矮建筑物驻守的街巷，我的双脚意外掠过一些快餐店前点起的火炉，起初我不明白，后来寻见了地上散落的些许纸钱，才知这条深深的街巷里刚刚有人被死亡扼住咽喉，要前往天堂，而后被眼前这个光明的生活场域及场域里的人群忘记。因为纸钱的缘故，我再看快餐店摆在橱窗里的白切鸡、柠檬鸭、扣肉等快餐，已经毫无向往了。对于经历过生离死别的人来说，再瞧见与死亡有关的东西，无论多么丰饶的食物也难以调动起美好的味觉。

嗯，画册还夹在我的腋下，它随我继续在巷子里踱进。我很想立刻找到那个印刷厂，而后把厚厚的书稿扔给印刷厂，再找个奶茶店来个"葛优躺"，久别之后重新进入它的体系。我大概是个离开了书籍而无法存活的呆滞的怪物，但又实难遇上让人心跳的书籍，因此这么多年来翻来翻去对许多书籍我也渐渐腻了起来，日子过得也总是浑浑噩噩的不尽如意。

"石涛在早年的时候，遭遇自称监国的父亲被同室操戈杀害，而后被宦官带走出家，年长后在敬亭山、黄山及南京、扬州等地漂泊。"漂泊是他一生的写照，何以寄托？

五

"出门远行的人更需要这本画册。"她为何这样说，又为何这样肯定？

我们常常只知漂泊中的孤独，而忽略了它本身蕴藏的美学，当然，前提条件是甘愿漂泊，或者被迫漂泊。就我对生活的体察，当下人之性格，偏爱于在一个地方或者一个角落定居，他或她并不打算漂泊，因此，生活会更显枯燥。

是的，但是我们不能要求人人都去漂泊。那太需要强大的意志，以及胆量和魄力了。

我不甘愿做低头族，把脊椎“奉献”给手机，把人之为人的精神和情感交给物质，等我从各种画册和书籍中汲取更多养分之后，我会出一趟远门，可能去海边，也可能去一片密林，将自由还给生命。中国有个叫安妮宝贝的作家，我喜欢她作品中那股幽幽远远的生命漂泊之感。或许，今后的路途中，我会在我的画作里加入这种漂泊的元素。

“哦，那你要下狠功夫了。把更多的时间和生命精力交给大自然，然后反射出更为深层次的美学。石涛不也这样子吗？你看他的画作，那股幽幽的文人墨骨并不是凭空而来，不来自生活的庸常，不来自生存的狭窄，更不来自顺风顺水的人生际遇。”

一缕缕茶的清香，腾腾地盘旋在我们的桌上，石涛的画册打开在我们的桌上，她弓起腰身，握住青花白罐茶壶，给我和另一位同事的茶杯里送茶，眉目间的灵动跳跃，仿若翩然的舞蝶。

“钝根、山乘客、济山僧、石道人、一枝阁，又别号大涤子、清湘遗人、清湘陈人、靖江后人、清湘老人，晚号瞎尊者、零丁老人。他如此之多的名号，等同于他的波折漂泊，也等同于他的寂寞，因此都极具意味。”

“是的，我最喜他自称‘苦瓜和尚’。儿时我认为苦瓜极苦，口舌和肠胃无法接受，但我的父母在烈日当空的季节里，常常逼我吃下六七片蝉翼般的瓜肉，说是解暑、排毒。久而久之，在那些灼热的夏季，我非但成功避免中暑，而且口味也渐渐偏向它，情感上已走向了空前的喜欢。”

“哈哈哈……不也跟茶一样嘛!”

“石涛之爱苦瓜，与他的身世经历是极为吻合的，没有一个人无端爱好一种植物或食物，何况是艺术家。更何况，是那样颠沛流离的艺术家？!”

“那是自然了，陶渊明爱菊，周敦颐爱莲，植物成为人类情感的寄托。”

另一位同事指了指石涛的额头（自画像），他示意我们把身躯弓过他的位置，以便更为仔细地体察画册的微妙处。

他说：“这个位置——搜尽奇峰打草稿。”

六

《均衡教育专刊》在漂泊的逼迫中进展并不顺利。四次往返首府与崇左，以及日夜校对，我早已腻烦了铁路沿线风景，以及火车车厢里混杂呛人的气息。

留给我完成任务的时间并不丰沛，我接到无数类似“赶快完成校对、付印”的命令。是的，我的领导很着急，脾气也很厉害，我也惶惶不安，没有什么好的计策可使。这本出自教师队伍和学生群体，收录两百多篇作品、共四百多页的专刊，所呈现出的错综复杂的混乱并不是那么好对付，形式与内容，编排与表达，还有那数不清的错字、病句，实在让人抑郁，我好比吃错了药，整个人几近发疯。更让我狂乱的是，我在这本如大海般浩瀚的专刊里，竟找不到如同那夜畅谈文学和艺术的教师或学生作者，就我对这本书刊的情感来说，漂泊的心灵未曾俘获一丝的欣慰。两百多位作者的“作品”出乎意料地都在猛烈歌颂当下生活的改观，甚至呈现极端享乐主义，笑靥都如同盛大的阳光那样灿烂辉煌。而对于隐藏在生活和生命背面的漂泊感和孤独感却只字不提，他们是真正地获得了幸福，还是在佯装幸福？我无法探知他们生活和生命背面的真实，或许他们藏得密不透风。

火车继续在我的耳膜上轰隆隆地震动，沿线的山谷、河流、屋舍、蔗林，在淅淅的微雨之中，弄不出任何动静，它们在沉默，我也习惯一言不发。我自然是腻烦了它们的模样，它们大概也腻烦了我的模样。只是，在这条铁路沿线上我们终究是对方的风景。

我实在怀念那日夜里的畅谈。我们三人，其中一人是爱极了文学的中年语文教师；另一人是对美术发起猛烈追求的年轻美术教师；我这一人，是夹在东方文学和西方文学之间飘忽不定、游移思索的英语教师。我们仨都很痒，在那个什么事都不用做的夜晚突然聚焦在了石涛这样的人物之上，相互间很畅快地挠了一次痒，通体极为舒适。我们知道，那是生命别无选择时的寄托，用于对抗平庸。而石涛的绘画，正是一味用于对抗平庸的药。

我这样想着，火车刚刚穿过扶绥县，我的手机突然又急急地响了，是领导催命的电话。

它在石涛画册上剧烈地震动。

赶紧接了。

（发表于《广西文学》2019 年第 11 期）

奔走的石头

《石头记》记载。

女娲于大荒山无稽崖，炼成三万六千五百零一块补天石，高经十二丈，方经二十四丈。女娲补天用了三万六千五百块，独一块弃而未用。

弃而未用的补天石灵性已通。一日，一癞头和尚，一跛足道人，从大荒山无稽崖青埂峰下高谈快论路过，补天石听得癞头和尚、跛足道人阔论人间昌明隆盛之邦，诗礼簪缨之族，花柳繁华地，温柔富贵乡，心切慕之，遂使癞头和尚、跛足道人大展幻术，变成镌字的通灵宝玉坠入凡尘，此后，历经人间的悲欢离合。

我大概也是那一枚石，人间的忧伤最盛。

一

我时常在左江边捡石头，收获许多有纹路的石头。我不知为何要捡这些石头，这大概是和身世有关。

我捡到的石头，其表面的纹路弯曲破折，使我联想到走了许多弯路的人生。那隐现的弯曲和破折，毫无保留地弯曲到底，不管不顾地破折到底，它们最终组合成多姿多彩而又意味深长的图案，我从中看到徐悲鸿式的傲骨和雄健，大吃一惊。

有的裂痕似闪电，最终又不是闪电，裂痕在短暂与急促之间总要突然延续，一道沿着一道，纹路决绝、坚韧、勇毅、刚强，有人性长久的审美意蕴。

有的只是一撇，隐隐约约如美少女窃喜时的一道心迹。简约的一撇，暗藏某种风流。唐朝的微笑？我又如何去破解“三千宠爱在一身”的这一抹微笑？杨贵妃贪爱岭南的荔枝，当时也是这么一笑的。

有的纹路，在石头的腰部恰如其分地充当腰带的斑驳线条，使得整块石头大腹便便，活脱脱是肚里能撑船的宰相。

有些裂痕，干脆四不像，无图案可究。然而我将眼眸凑近，仔细体察，从中感觉到天地之瞬息万变，阴阳、生灭、虚实、有无，使我下决心去净化生命、珍惜生命。

人间太需要这样的小孤独与小浪漫了。

后来我时常上山采药（淮山），又迷上了山上许多奇石异石怪石。

山上的奇石异石怪石，类狮子，似马蹄，又有拱桥、猴鼻、象牙之态，尽自然之能事，各显形态及神态。

我跋涉的山都是高且陡峭的高山。

广西的冬季也如春季，满山郁郁葱葱高过人头的杂树将我淹没于山体之中，也将白昼的日光遮蔽得严严实实，只剩下丝丝缕缕的微光泻下。我在高山之上、杂树之下跋涉时，总是阴暗暗的，有恍如隔世之感。我在山上遇到的那些奇石异石怪石，它们在阴森森的林木之下，样貌令人胆寒，我大多时候会想到妖精、鬼怪、巫师的恐怖形象，总设想它们在我的周围突然跳出来要我死亡而不被世人发现。

瞬息之间，生命突然变得很突出。我想活着，不想死。天色逐渐暗下去，我的周身到处是些怪异的窸窸窣窣的声响，很像嶙峋的怪石腾挪、走动的声音，也好像是它们在细语，正在交流着“如何处死这位戴眼镜的年轻人”的心迹。我大概是叨扰到了这阴森森林木之下奇石异石怪石的寂静世界了。

怪的是，几次仓皇而逃之后，我又跋涉了许许多多个山头，内心意外收获一份诗意的笃定。许多石头的形象，开始在我心灵之中映射各类各样真性纯朴的人物形象，诸如弯腰耕种的老者、与天地精神往来的垂钓者、人生跌宕起伏而后站稳脚跟的中年际遇者，他们极为和蔼，极为亲切。他们拂了拂我肩上的尘土，目光平和，谆谆教诲：舍己从人，方能我顺人背。我也一下子悟透了人生似的，内心一片澄明。

他们设宴招待，将我请上，邀山川明月，甘露作酒，赋诗作乐。

左边的那一块石，真像嵇康，或者根本就是嵇康？他盘着腿，仰头，信手弹奏《广陵散》。我耳边呼呼作响的风声，是《广陵散》的余音罢。

西南方向的怪石，默然沉思，那是石涛，他手上擎着酒杯，忘乎所以，举杯之间构思《苦瓜和尚画语录》？

身后是欧阳修。他坐于案上，肃然，沉在秋风的萧瑟之中，突然发出喟叹："奈何以非金石之质，欲与草木而争荣？"

他们天性之中自带石头的坚硬和顽劣，拥有顽石彩韵般的审美性质，抚慰我在人间纷扰的心灵苦闷。

当我坐在这样的奇石异石怪石上冥想人的生命体验和审美体验时，脑际似乎想通了山石在中国山水画中的运用。

山石在中国山水画中充盈着，作为气与韵、动与静、开与合、虚与实的参照和烘托，是画面的主基调。用墨的枯湿以及色彩的浓淡往往在山石上实现富于节奏的韵味变化，使画面有画家的心跳和画家灵魂的默化。我常常感觉到画家笔下山石的姿态与画家本人的内心况味有着超乎寻常的契合；也常常体察到许多画家借山石的险峻以衬托流水的湍急，抒表画家本人寻求大胸襟、大气象、大魂魄的抱负。

我这样理解中国画，是真的想通呢，还是皮毛之见，抑或，胡诌呢？大概，山上的那些石，才是最理解中国画的，我让它们笑话了。然而我若能入画，便也要充当山石，成为美的开光，并将我平日里体察到的中国天色——朝阳的天色、夕阳的天色，涂抹于身上，成为灵魂上美的启迪。

二

一个人无论在现代生活中如何赶脚程，他总会在某个偶然的时刻突发小孤独，以追忆旧时光以及旧时的物什，唤醒生活的余味。

我想起山石做的石磨。石磨打出来的白米，有些碎碎断断，熬煮出来的米饭却香飘满屋，至醇至美，老人家和艺术家最爱这样的石磨和石磨打出来的米煮成的饭。我以往的日子是，夕阳西下，父亲推石磨，母亲灌谷粒，我则踉踉跄跄搬来箩筐，装石磨磨出来的米。天黑时，一台灶火三个人，母亲淘米，我添柴火，父亲炒菜。煤油灯下，石磨上，日子总是很慢，也总是很有意味，经得起时间上的审美考量。

我现下的日子，日子已经不像日子，日子是在借和买中胡乱度过的。日子管机器、酒店、超市、餐馆使钱讨饭吃。日子已无往日石磨、竹篾、炊烟意象叠加之意趣了。我常见老人拒绝搬迁至城市，也常见画家逃离城市去到高山流水处写生，他们大概出于这样的“审美与欲望的纠缠”。

还有石头做的石凳。石凳刻着精美的鸟兽虫鱼图案，从自然中取材，又巧妙地回归自然。石凳沉雄、厚重、庄严，图案轻盈、婉转、清丽，人坐其上，大有胸有成竹、意气风发之气概。我祖父家院落里就有一对石凳，只是没有图案，我的曾祖母就爱坐在这样的石凳上乘凉。曾祖母九十二岁高龄，腰和脸几乎贴入地面，她几乎扶不起她的那副骨架。有一回她摔伤严重，我以为她很快就会死去。结果，我见她每天都在石凳上坐着，守住院落晒太阳，时光竟也慢了下来，她竟然在石凳上多活了六年，差两岁就成为世纪老人。我听我的祖父说，曾祖母去世前的几天，她成天在病榻上哭喊，哀求祖父抱她去院落中的石凳上坐着晒太阳，我祖父抱她去后，她的眼眸兴奋了一阵子，过几天后才安然离世。我估摸着，她是“抱”着院落中的那对石凳前往天国的。

我的老家天等是全国养生福地，长寿之乡，我想，这大概和石头有关。假如，现下有石凳、塑料凳、铁凳、木凳、铝凳立于我面前，人群中，我必先疯抢石凳，一屁股坐下，看浮生一片草，悲也罢，喜也罢，八抬大轿也架不走。可惜，现下多是塑料凳、铁凳、铝凳和木凳，石凳已淡出了，我还会同我的曾祖母一样长寿吗?

孩童时期的我是典型的留守儿童，我的父亲和母亲外出到广东打工，我一连三五年不见他们的面孔。那时，每每日光将去未去、天际一派金黄时，我的祖父盘坐在石凳上编竹篾，我的祖母在石桌边上挑拣黄豆，我则在石桌石凳一旁不知所以然地追赶自家散养的母鸡和它成群的鸡仔，而堂屋之中用石磨打的米煮的饭正飘香。石凳似乎比我的父母还要亲切，因它懂得我的孤独。那只母鸡和它成群的鸡仔，也比我的父母还要慈爱，因它们疼爱我的寂寞。

如今三叔家起了楼房，石凳没了，总是很慢的日子也一去不复返了。我的日子换成了沙发、手机、电视机，日子总是过得很快，也总是很乏味。我至今还为石凳的消失耿耿于怀，它好端端地在院子里，怎么建个房子就不见了呢?

还有壮族人做糍粑用的石槽。石槽取材于山石，经人工开槽雕琢，长约80厘米，宽约50厘米，凹入的部分有婴儿洗澡盆大小，深约35厘米。石槽大多是壮族人做大事的时候才使用的。我是土生土长的壮族人，常见我的祖母、姑妈及我的母亲将蒸熟的糯米成盆地倒入石槽，接着用牛腿似的大木槌反复捶打，半晌工夫，蒸熟的糯米完全黏化，而后取出，用手上擀成碗口大的圆且肥厚的糍粑。

糍粑多用在婚庆、白事、祭祀等大事上，作为一种有着特殊寓意的食物而使用。

我的祖父说，父亲迎娶母亲时，食用的是这种糍粑，喜庆。

我的父亲和母亲生下我时，食用的也是这种糍粑，迎接生命的第一声啼哭。

后来，我的父亲去世，也做这种糍粑，悲情。

到我入市区的新房，在厨房安了神台，从老家请来的老人说，神台摆上这种糍粑再上香，这才算新居落成。

入新房那天，我从母亲手上接过一团肥圆的糍粑咬在口中，我的舌头莫名地触碰到了一股凉凉的甜味，我似乎啃吸到了山石的质地；也触碰到了一股阴凉，啃吸到了我一生的悲欢。

石槽盛装着壮族人的悲欢，也装载着壮族人对巫神文化和自然哲学的崇拜。这么多年来，因为常见，我对石槽、牛腿似的木槌、糯米糍粑几乎熟视无睹，直到它们在全球化、现代化、信息化、同质化等各种“化”中逐渐暗淡、隐退和消失，我才恍然回过神来要去珍惜和追忆。

它们始终是我精神上的文化符号，我的性情及气质，大多与这些息息相关。

三

我有时，总是那么孤独，人间使然？

一夜黎明未至，我从床上爬起趴在书案上，春季的第一场雷雨正在我头颅的上空隆隆作响。生命突发孤独，我忽然极为想念我上山采药遇见的那些奇石。它们是何等高贵，何等圣洁。而我这几日以来，遭遇了显露人性的事件，胸中郁结巨大的苦闷。

在我的家族里，我的二爷爷有五个儿子（即我的叔伯），均已成家。去年十月下旬，我的二爷爷突然从家中楼梯摔下，腰部到腿脚部位瘫痪，八十二岁的一副骨架，从此动弹不得。住院的前两个月，我的五个叔伯倒是在病床前忙前忙后，有模有样。后来时间久了，五个叔伯纷纷逃难似的逃去南宁和广东，各顾各的生活，把摊子推给我的二哥，而我的二哥正急于改变命运，在紧张地准备公务员和事业单位考试，他最需要时间和空间。前几日村里有白事，我回家帮忙，去探望二爷爷时，他的状况已一日不如一日，大概大去之日也不远了。他在床榻上望着我的面孔，竟有两行泪珠从他模糊的眼眸中奔出，说活着太艰难，心里太苦。那时我很想骂人，却无人可骂，人作鸟兽散了。我对人性有了更深的“认识”。

我从教的第四个年头，我的一个学生网瘾太深，我常在深夜的墙脚边将其截下，劝至办公室谈心。我花上我这辈子最多的耐心和爱心，他仍无动于衷。新学期注册，他家贫，我又从我的工资里支出一些钱，替他交了相关费用。而他的父亲是个酒徒，有家暴倾向，我请他到校协助教育时，他反过来一口咬定我管不好他儿子……

凡此，在人间遭遇太多的忧伤，因此，孤独免不了，疼痛也免不去。

我只能寄命于山石。

伴着雷雨声，我的脑际浮现山石在高山上各式各样的形象在雷电雨雾之中突然活化，它们似乎在走动、对话、欢悦、升腾、弹奏、作乐，并在遥远的山上召唤着我前去与它们及时行乐。它们说，一个人淹没在世俗的斗争之中会心死，心死之后便是哀，最后连活下去的勇气也都消失殆尽。它们在高山上对我呼喊，归来吧：

给你奏乐，
教你性灵，
也使你沉着笃定，
让你大放思想之光。

它们似乎要亲手将我的现世的欲望之尘洗去，以诗意、脱俗、高雅、意趣换上，从而脱胎换骨般走出一位真性、纯洁、善良的戴眼镜青年。我突然想流下眼泪，原来最能慰藉我的灵魂的，并不是尘世的钱、权、势和利，也不是某个尘世的厉害人物，而是这些遥远的看似毫无瓜葛实际上互为关照（精神关照）的奇异的山石。早在尘世之中沉浮的我，能在上山采药的山道上遇见它们，并从它们那里找到精神慰藉和依托，再也没有比这更幸运的人生了。

我的书案上有一截山药（淮山）的藤蔓，是我和爱人昨日上山采摘而来的。山药藤蔓安然自卧，如同静默的苏格拉底。此物于山石缝中生长，环境愈奇愈险，其薯块愈甜美，芳香四溢，唇齿时常流连回味。

藤蔓如同一条逶迤的路伸向远方。

四

我周围的同事和朋友总觉得我是个怪异的人，一个人好端端的，怎么会如此疯狂地爱上不言不语、硬邦邦的石头呢？！

我从身世说起。

1989年，我在一个名为“天等”的县，一个名叫“灵山”的屯里呱呱坠地，并由此蛰居了将近三十年。似乎，我此前的“生长”和此后的“活着”，都注定要与石头结下不解之缘。

“天等”，在壮语中意为“耸立的山石”；“灵山”，灵长之山。从地名看，都是山啊，都是石头啊。并且，按人的常规想象，山，必然要雄要秀要险；石，必然要奇要异要怪。生在山石之林的儿女，必然要执着、笃定、顽强，也必然要性灵、雅丽、聪慧。

归功于“耸立的山石”这一极具生命意象的称谓，也归功于天等山石之林中那些真真切切可以给人们以光明的石头，我的老家天等坚定了“天等人民不等天，苦干不苦熬”的至真信仰。

许多年前，我的祖父白发苍苍，他硬是从高山上搬下足够建立起一座房子的石头，一个人当着所有人的面撸起袖子说干就干，一干到底。石、砖、瓦，他用了多少个日日月月以及血和汗，才垒成了我父亲迎娶我母亲时住的房子。我每次回老家，总能从老家石墙上解读到我祖父的生命密码——他的肌肤、血液、骨骼，甚至是性格，都是石头做的——硬。老家的石房子多年来已无人居住，竟也不坍塌，房屋上的瓦片也不破损。每次村里有红白喜事，我都回去住一两日，也总住得很安稳，比起我那市区水泥结构的套房要踏实得多。石壁上也总残存着我祖父当年劳作的体息。

我的父亲是个瘦弱的男人，为了全家人的生计，他硬是去石场打石头，也去做建筑工人为人家砌石砖起房子。夜幕降临，他归来时总在门角边上咣当一声，重重地掷下他的建筑工具。他拍拍身上的尘土，灰头土脸地从门槛跨进屋里。许多年过去了，他真就扛住了整个家庭的吃饭问题，以及我外出求学的路费和学费问题。我从他身上察觉到他的意志是石头做的——硬。我每次外出求学，临出门时，父亲递给我一团纸币，纸币也总是很硬，让我在外面不敢胡来。

还有太多太多的乡亲，他们如我的祖父，如我的父亲，大都是“耸立的山石”，脊背坚硬，意志如钢如铁，对生活和命运不弯腰，不妥协。

我的祖父和我的父亲，以及家乡的乡亲，他们时常告诉我，人好不容易生存下来，为什么要等天呢？为什么要苦熬呢？

他们还说，人的意志可以捅天破地。

二十九年以来，我的血液以及灵魂之中一直携带着这样的信仰。我爱石之热切已上升为一种不可违逆的信仰。

五

沉浮在生活之中，我的眼眶里常有强忍着不愿让其跌落的眼泪。

我的父亲早早地离我而去，遗下孱弱的我独自与生活抗争，我大多时候只能勉强将自己喂饱。

高考败落后，我的母亲从此对我不抱太大希望，她的脸色比父亲去世那年，要黯淡得多。我只读了个二本大学。

我习惯了孤独，一个人蛰伏图书馆，没日没夜拼了命地苦读，忘记浪漫，也忘记“及时行乐”。

毕业后，我又被“流放”至农村混口饭吃，四年时间也未能成功逃离。小小的房间只有一张荒废了的木制的蹩脚书桌陪我日夜东写写西写写。我以为写作可以改变命运，我苦干到头发掉落，额头发光，也没写出点像样儿的文章。

我卧室的窗外是大片大片连天接地的荒地，也是小镇上的死亡场所——坟地。

我又常常将自己关在一室，没什么大事从不露脸，行为呆傻，举止木讷，以怪物形象示人。

人群之中我闷声不吭，热闹之中更爱逃离，按周围人的说法——“性情之中自有股漠漠的冷淡”。

似乎，我被生活强奸惯了，因此，心灵紧闭。

我发现，我性格之中流淌过一条悲情的河，这条河以失意、茫然、困厄为水，以沮丧、失落、哀伤为岸。当我站在这条河上迎着秋风慢慢睁开眼眸的那一瞬间，我的心脏在我的胸膛之中怦怦紧张，四处慌乱。人生体验之中，我从来都没有这样害怕过“水天一色”这一绝美意象，我的这条悲情的河流一旦连上了天，天也要变得悲戚。

再后来，我又为房贷以及生活的各种开支所累，一度念及“活得太累干脆就不活”的生死问题。

好像，上天从不垂怜于我，就让我这样苦苦挣扎下去。

西方神话之中受苦受难的西西弗斯？我的人生体验与他的苦难存在跨越时间和空间的呼应？我在梦中迷迷糊糊地得到了西西弗斯的旨意——推一块巨石上山之于人的意义是“明天还有巨石可推，明天还有希望”。

我从梦中醒来，突然回到现实生活，房贷、物业费、电费、话费、交通费、吃的问题、穿的问题，我两千七百块的工资不足以支撑这一切，我仍受到巨大的惊吓，仍弄不清苦难之于我的意义。梦里梦外，本来就是两个极端的世界，互不往来。

我开始寻求慰藉。

我支教的乡镇里，常见几位弓着身子的老人在街上卖山野上挖来的山药，我偷偷寻其踪迹，竟也在一座山谷上寻觅到山药。且在爬上高山的路途中，我惊奇地发现许多奇石异石怪石有着非凡的审美，在一定程度上，以美的形式，慰藉了我日渐干枯的心灵。

攀了几次高山之后，渐渐地，我开始习惯上山采药，采治愈心灵之药；上山寻石，寻宽慰心灵之石。我要在高山之上寻到奇石异石怪石，以安插在我此后一生的逐流之中，变成我内心的中坚力量，借以抵住寒流、诽谤、口舌、利诱。两年以来，我与山石进行了无数次无声对话，天地有大美而不言，静默的灵魂之中，人生体验渐次清晰。

我深刻地明白，一块石头便是一座山，内心之中住着一块石头，人就有了靠山。

累了，山郁郁葱葱；

渴了，山释放清泉；

苦了，山中雾霭雨露来抚慰。

剩下的，便是活下去的问题了。

我只管活着，只管上班下班，只管洗衣、炒菜、做饭，只管写作。我就死活不信我撞不开属于自己的路来。

关于人间，《石头记》还记载：

“美中不足，好事多魔。”

“瞬息间则又乐极悲生，人非物换。”

而我既在人间生活，便需要人间的忧伤，无可厚非。

只是那奇石异石怪石，常常在我忧伤的人间路上添些横生的野趣，使我找到活下去的勇气。

（发表于《广西文学》2018 年第 12 期）

人潮漫卷

就像荡在空中的纸条，从车上走下，一阵猛烈的眩晕涌上来，两只又酸又麻的腿脚着不得地。从早晨的六点到下午一点，没有一点点的饥饿感，我只想找到一张床躺下，甚至懒得乘坐电梯到十三楼那套花光了我家所有积蓄的房子。随便在一棵扁桃树下的石凳上躺下，五分钟，或许更短，就能沉沉入睡。上午接了十二单，汽车里程表显示七十六公里，乘客分别是去金龙湖、裕丰商场、美发中心、水果市场、移动营业厅、酒店、师范学院。一对情侣去了酒店，他们大概是大学生情侣，在酒店门口扭捏着，终不敢走进酒店大堂。一个大着肚子的女人在男人的搀扶下去了医院，女人的妊娠反应使她对男人失去耐心，男人做什么说什么都是错，只好忍受着。

一

胖女孩一头爆炸发型，宽大的黑衣黑裤也罩不住她的胖，脂肪在她腰间堆积，波浪似的肚腩压在两团大腿上。另外两个女孩微胖，长发，都穿开了口子的灰色牛仔裤。她们清一色地抹着烈焰红唇，身上散发着一股浓烈的香水味，摇摇晃晃从 KTV 大门走出来。

“师傅，去旧城区。”胖女孩最先拉开车门，香水味里头弥漫着淡淡的酒味和烟味。

她们关好了车门，意犹未尽地哼起了歌。我启动发动机掉头往旧城区方向去，密闭的车厢里溢满了她们的体香，确切地说是香水味、酒味和烟味，我竟有些迷恋这样的味道，那么魅惑而有活力。很长一段时间里，我太老实了，老实到遵守了伦理道德的秩序，再遵守现实生活的秩序，后来四季的秩序和一日三餐的秩序也要遵守，所有的一切，都那么严严实实、密不透风地遵守着。有时照着镜子，我发现自己很长很长一段时间没发过一次脾气，几年了也没咧开嘴巴真心实意地笑过，我仿佛消失了，镜子里就只剩下一副迷迷蒙蒙的轮廓，甚至认为自己已经死去，我是在另一个世界的空间里游荡。对于气味，有一次我发了疯似的去追赶一趟赶往越南河内的绿皮火车，有人从车窗那里睁大眼睛看着我奔跑，我不知道他是越南人还是去越南做生意的中国人，他看见我崴了脚跌进一处草丛，脸上露出惊恐的表情，他一定认为我受了什么刺激，疯掉了。我很想告诉他，我只是迷恋疾驰的火车刮出的那一阵旷野之风，因为火车总是和未知的远方有瓜葛，它刮出来的风，气味是鲜活而有力道的。这三个女孩就像那一趟疾驰的绿皮火车，她们身上散发的气味是鲜活的，暂时在秩序之外。

夜间十二点多，这座边疆小城已经睡熟，街道上还有人摆夜宵摊，但顾客已寥寥无几。流浪猫和流浪狗正趴在垃圾堆里挖掘食物，一只狗抬头向路过的醉汉狂吠了几声——那是一个光着上身，挥舞着上衣，嚷着脏话的中年男子。白天关门晚上营业的足浴店、文身店、情趣用品店、艾灸理疗店在红色和蓝色光晕的包裹下，很有暖意，只是爱干净的人会觉得里头不干净，让人想到脚气、地下交易和疾病。太晚了，十字路口的红绿灯只亮起了黄灯，开车经过无须等待，我只需观望有无来往车辆即可通过。我没有感到疲倦，反倒被她们身上散发的味道提振了精神。车里放着陈慧娴的《红茶馆》——这是我最喜欢的香港歌星，最喜欢的曲目，晚上出车我有时循环着听：

来分你一半
感激这夜
为我伴
跟你一起
我不管

……

胖女孩就坐在副驾驶座上，她别过头来，几乎咬着我的耳朵，撒娇似的说，师傅，这首歌太老了，能不能换一首歌？我说可以啊，想听什么歌，我给你们换。另外两个女孩起了劲，她们一边大笑，一边大声商量要听什么歌，丝毫不顾及我的感受。她们处在一种亢奋的状态，把车厢当成她们刚刚去过的 KTV 包厢，要继续闹继续欢，而我是要做好服务的。我按照她们的要求，将《红茶馆》换成了《广东爱情故事》，并且调大了音量——胖女孩说把音量调到最大。我知道这样会造成扰民，沿街住宅小区的不少居民会因此从美梦或者噩梦中惊醒，从窗户探出头来骂驾驶这辆车的人缺德、没教养，然后打110报警。我什么也做不了，在张扬的个性面前，在不管不顾的青春面前，来自一个陌生男人的劝告是徒劳的，何况这个陌生男人是一个为她们提供服务的网约车司机。

从她们的穿着打扮，以及大大咧咧的举止上看，她们大概刚刚从广东返乡。这座几乎与越南接壤的小城，人们主要有两种方式搞到钱——种糖料蔗（这类甘蔗用以榨糖，是崇左地区最主要的经济作物，全国五分之一的糖产自这里，因而崇左被称为“中国糖都”）和外出打工。年轻人不愿意扛锄头下地刨土种糖料蔗，于是选择远离家乡去大城市打工。她们打工挣了一些钱，回到家乡聚在一块儿消费、娱乐，将钱花掉，换取稍纵即逝的快乐。

汽车在巨大音响的包裹下发生了震颤，我握住方向盘的两只手明显感觉到震动，我仿佛是在驾驶着一匹在暗夜里狂奔的猛兽。我半开玩笑地说，美女们，车要炸开了，耳朵要炸了，头脑要炸了。她们说，哥，嗨起来嘛，很快就到旧城区。其实，她们并不急着赶路，反倒想拖延回家的时间，换取更震颤的快乐。她们跟着“雨神”用力唱了起来，但不像有情感地跟着旋律唱，倒像是跟着节奏随意地吼，烟味和酒味从她们口中涌出，车厢里的空气变得有些浑浊。她们同时将手伸出车窗，冲着霓虹灯挥舞，冲着那些流浪猫和流浪狗挥舞。群魔乱舞，我乱哄哄的脑袋想到的一个词。

“嘿，哥，一起嗨起来。”胖女孩捅了捅我的胳膊说。

“哥，你有女朋友没有?”

我只是笑，并不作答。

“咱们走环城路吧，多出来的路费我买单，省得等下碰到交警，被警告教育。”我说。

“好，走。”

我嚅动着嘴唇，怯懦地跟着她们唱起来，声音嘶哑、颓顿。我胆小如鼠，但我认为我应该大声唱开，和她们一样大声，这是一首我不大喜欢的流行歌曲，又何妨。白天躺在床上没有节制地刷短视频，刷奥德彪拉香蕉的视频，腻在厨房烹饪各种自己爱吃的食物，以及不分白天黑夜的睡眠，我的皮肤变得焦黄、暗沉，整个人昏昏沉沉的，就像青蛙跳进了冬天的泥洞里，屏蔽了冬天的可能性——南方的冬天，仍是一片繁花。“面向这个耀眼的世界，唱吧，忧伤！获取向上的力量吧。”我默念道。

这是一种极为奇妙的感觉，它将颓靡的日常彻底打败，我从牢笼走出，一日看尽长安花。从胸腔吼出的歌，就像泼出去的水，带出了许多低落的情绪，我没有想到，能解救我的，不是清冷的夜，也不是《广东爱情故事》歌曲本身，而是来自三个打工女孩的邀请。

音响咚咚地闷响，她们扭动着上半身，眼镜蛇一样左右摇摆。胖女孩不时转向后排，伸出左手去击打后排两个女孩的掌，欢快的气氛到达高潮。我唱着歌，从内后视镜看后排的两个女孩，她们也在看着我，目光对上的一刻，我们忽然喷笑起来。我们的歌声向窗外溢去，飘在喧闹过后的街道，经营夜宵摊的人向我们投以目光，这么晚了，他们再也等不到客人了。女孩们忘记了时间，我忘记了高尚和低俗的对比，忘记了绝对的对与绝对的错，静默着的夜，隆起的是我们四个有趣的灵魂，我多么希望今夜能长久地进行下去。

过完了年，三个女孩可能兜里一百块钱都拿不出来，临出门，伸手向父母拿车费返回广东。她们可能重新站上工厂流水线，也可能面临失业，混迹城市各个角落刨食，没饭吃了找朋友借钱吃饭，天黑了借宿同学的出租屋。

我将她们送到目的地后，她们背对着我走向通往城中村的一条巷子，没走多远，胖女孩转过身向我挥手说拜拜，另外两个女孩也跟着转过身挥手说拜拜，好像我就是她们的朋友——一起在 KTV 里唱过歌的朋友。我也十分愿意成为她们的朋友。

二

那一家子要么一辈子走下去，要么走向分裂，家庭内部的疾病本可以理疗自救，不能理疗自救的是无休止的隔阂和不说话。我不知道该怎么打破冷寂，他们的温暖也绝不来自我，我只想太阳高高升起，从遥远的天际投来金灿灿的暖光，提前结束这个寒冷的冬天和阴雨绵绵的天气。

“师傅，给你六百块，返回凭祥接我们，送我们到南宁。”中年妇女在电话里哀求说。电话里，我好像听到她强忍着的哽咽，像被鱼刺卡了喉咙，痛苦得很是着急。我立即放下刚吃了一半的米粉，拿起放在桌面的车钥匙即刻出发，此时已是傍晚六点，好在天还没完全暗下来，我能开快些去接他们。我在想，他们不是说好晚上要住在凭祥，下一站要往位于边境线的德天瀑布走，要隔着瀑布远看越南吗，怎么现在要返程？我大概盘算从崇左市区到凭祥友谊关景区要走九十公里，再从凭祥友谊关景区返回南宁市要走两百多公里，从南宁市空车返回崇左市区要走一百二十公里，按照每公里五毛钱的油耗计算，加上高速过路费，这一趟我无钱可挣。可是一定要挣钱吗？不，我至少不能做亏本买卖，可是这是一场我与他们之间的缘分，钱不钱的，好像无关紧要。

上午八点拉他们的时候，我从内后视镜那里，看见一位对什么事都漠不关心的中年男人，和一个戴着耳机闭着眼睛睡觉的女孩。中年妇女就坐在副驾驶座上，一头波浪卷发，红色棉衣穿在身上显得臃肿肥胖，可她看起来没有那么胖，她问我南方的天气是不是每天都是这样的潮湿，人不难受吗，南方的荔枝几月份上市，多少钱一斤，还有在哪里可以吃到正宗的白切鸡？我说今年的春雨来得早，已经连续几天下着毛毛细雨，荔枝至少要到五月才上市，白切鸡随便在哪个餐馆都可以点，只是四到五斤重的农家鸡才好吃，带血的白切鸡口感鲜香爽滑，要蘸着酱料吃。

如同一只在雨中穿行的穿山甲，汽车在延绵的群山夹缝中行驶，不疾不徐。喀斯特地貌岩石景观分列南友高速两侧，雨中的石山隐去了棱角，迷迷蒙蒙的，只剩下一个模糊的印象。山脚下的灌木丛倒是清晰可见，它们长满了灰绿色的嫩叶，仿佛在睡梦中酣畅淋漓地吸收从天而降的春雨。半空中，不时飞出几只树莺，从一个山谷飞到另一个山谷，似乎在赶赴一场春天的约会，完成交配。

中年妇女长时间望着窗外，很好奇喀斯特地貌岩石山是如何隆起，又如何长满了灌木丛。没有厚土层的山腰和山顶位置，石头缝隙中还稀稀落落地生长着坚硬的矮树，那矮树形态各异，透过它们镂空的枝杈能看到灰青色的天空。山脚下一垄接着一垄的土地，被整齐地盖上一列列白色塑料薄膜，翠绿的糖料蔗幼苗从薄膜中冒头生长，她误以为是玉米的幼苗。

车里安静，气氛怪异。

说话最多的是中年妇女，说话的对象却是我。这一家子之间也说过话，而那只是在递送食物和纸巾时说的话——“给”“热乎的”“快吃”“纸巾”。这个家庭的内部，仿佛鼓起的大气球，随时都能炸开，我感到极其不舒服。心想我只是他们雇用的司机，不是他们内部的一员，多余的事情我不便掺和。我想打开车窗，让呼啸的旷野之风吹进来，无奈，下着细雨，雨随风飘进车里，必定淋湿我和他们。他们沉默着，我也沉默着，中年妇女问一句，我就答一句，或者为了缓和气氛，我多答几句，告诉她南方的气候、风物以及人们的饮食、起居，白切鸡的做法，荔枝要冰镇过口感最好等。在此之前的一个小时左右，我刚接到平台分派的单，中年妇女就打来电话说要我载他们去凭祥友谊关景区，为了省些钱，让我取消线上订单，转为线下交易，给出五百元的佣金。从位于市区的天湖大酒店出发，到与越南接壤的凭祥友谊关景区，这趟行程只要走九十多公里，一个小时左右即可到达，我很久没有接到这么好的活，即便是空车返回市区，我也能挣三百元左右，我欣然答应。

中年男人双手抱着胸，闭着眼睛，头悬低到右肩。他打着鼻鼾，间断，迟疑。鼻子上的眼镜几乎滑掉下来。从河南到广西，从南宁市到崇左市，再从崇左市区到边疆国门凭祥市，睡前他的脸上写满了不情愿和不耐烦，似乎是被逼出门旅行，因而只是沉默着不说话。女孩是初中生模样，旅途的疲倦使她前额的刘海有些凌乱，她用手捋，却更凌乱了。她低头刷着手机，对中年妇女频繁递上去的面包、饼干和水果丝毫不感兴趣，只小口小口地喝些矿泉水。她有时抬头看向窗外，但没有表现出多少兴趣。

中年妇女时不时把头转向后排，她总要说点什么的，总得活络出门旅行的气氛，可她没有获得回应。她是一个被女儿嫌弃的母亲，也是一个被丈夫嫌弃的妻子。她将头转回来，小心地叹了一口气，我能听见气流从她鼻孔里细细地泄出来。她软绵绵地将头靠在车窗上，眼睛看着前方不断涌上来的山，这会儿她对景观毫无兴致。

"师傅，你跑滴滴一天能挣多少？做这行累吗？"她忽然问道。

我说，我是周末或假期在家无聊才出来跑，反正也没事干，跑满一天扣除油费也就两百来块，就当出门透透气。

她"哦"了声，拿出手机看了看时间，觉得这趟行程走得太慢。

上午十点多，我安全地把他们送到凭祥友谊关景区附近的酒店大门，他们手上挽着一些厚衣物，拿好行李下车，那是一个很大的行李箱。我坐在车里，窗外细雨飘飘漫漫，他们形成一个间隔很长的纵队，一步步走向酒店大堂，雨疯狂地裹挟着他们。

三

在南宁往崇左方向的南友高速公路扶绥服务区，我把车开到一棵九层皮树下停下，将前后车窗摇下一个手指长的缝隙通风，放倒座椅躺在上面睡觉。驾驶的疲惫感几乎使我的眼睛睁不开，我该睡两个小时或者天亮后再启程，闹钟也不必调。准确地说，我处在半睡半醒的状态，几只蚊子飞进车里，嘤嘤嗡嗡地盘旋在我的周身，我的额头、脚踝以及手腕被叮咬，起了几个硬硬的包。野外的蚊子比家里的蚊子要凶要毒，我伸手去抓痒，怎么抓都还痒着，直至皮肤被我抓出了血。血的腥味弥漫在车厢里，蚊子越来越多。后半夜气温降得厉害，紧抱着汽车头枕也抵不住寒，从窗缝中跑进来的冷风钻进脖颈，让人更冷了。按道理说，天气冷，就不该有蚊子，有蚊子的季节就该是夏天，可野气横生的南方，四季总是没有明显的边界，蚊子是一窝接着一窝地孵化，怎么灭也灭不完。

下午接到她时，我吓了一跳。她瘦得离谱，流着鼻涕。我的第一反应是她是否是吸毒者，是否是艾滋病病毒感染者。她抬着左手指了指右手，向我示意她手上有燃着的烟，不急，抽完烟再走。一旁立着一个粉红色行李箱，我扭开后备厢开关，跑下车去说你好，我帮你把行李箱放进后备厢。

那是一个很沉的行李箱——出远门的人才会带那么多的行李。我必须使用双手才能将它抬进后备厢。

先去温馨花店和江南菜市，再去左州镇，天黑前返回市区，再送我到汽车站搭车去南宁。能不能取消线上订单，多少钱，能不能少要一点？她一边拿纸巾擦鼻涕，一边低声说，眼神飘忽，没有一个可以停靠的地方。我估摸着她的年龄大概与我相仿，只是瘦，戴一副近视眼镜，眼镜后面的脸庞凸出来的都是骨架子。暖色的卫衣和牛仔裤就好像浮挂在她的躯体上，一个女性该凸起和翘起的局部，都陷在卫衣和牛仔裤里，就像泄了气的球。

身后是城市便捷酒店的入堂大门，或许昨天晚上她就住在这家酒店，刚刚办理退房手续，滴滴打车打到我这一辆。

我回到车上坐着等她抽完烟。车窗外友谊大道两旁及中间绿化带的扁桃树、紫荆树、黄花风铃木、三角梅挨挨挤挤地绽放花朵，各类花的香气在空气中飘飘漫漫，吸进人体内有轻微的瘙痒感，患过敏性鼻炎的我深受其扰，一天要打几个很大声的喷嚏。

她从温馨花店买来了一束康乃馨，从江南菜市买来米糕、水果、熟食（一只煮熟的鸡）、香烛和黄纸，她把这些东西放在我正后方的座椅上，我仿佛嗅到与死亡相关的浑浊气息，就好像有一个去世了的人正端坐在我的身后。我心里一紧，想问又不敢问，在去往左州镇的路上我一直惶恐不安，仿佛有一个硕大的结节卡在我的喉咙里出不来。今天是农历三月初五，当地人早在前天，也就是农历三月初三，就完成了拜山祭扫的习俗，我也是在前天完成了对我那生于一九六六年七月卒于二〇一〇年四月的父亲的祭扫，才从老家回到崇左市区。车经过喀斯特地貌群山的山脚，经过村庄、田垄、野塘、木棉树下，我时不时看到涂抹了白石灰、挂了新幡的坟地，坟地及周围的乱草被清理干净，显得极为庄重、耀眼，真像一个接着一个的白色肉包子。

半途中，她让我把车停在路边，我得以呼一口长长的气，可心里一紧——她究竟要做什么，荒山野岭的。她打开车门走下车去，从口袋摸出烟、打火机和纸巾，她又犯了烟瘾，鼻涕还一直流着。

她忽然走到副驾驶车门位置，敲了敲车窗，抽着鼻子说：“帅哥，等会儿我们不到镇上，到一处离镇上不远的山坳停车，你在车上等我，我上山去一会儿就下来。”

我错愕，不知如何回她的话。我想了一会儿，才说好的，没关系。

“谢谢。你抽烟吗？来一根。”

不来了，谢谢。我说。

她抽完烟后，我启动汽车，她从后排座位换到副驾，我们继续赶路。二十多分钟后，按照她手指的方向，我打方向盘把车开进一个山坳。山坳里是大片大片的甘蔗地，路是404拖拉机耕出来的泥路，两边是巨型车轮压出来的两道辙，中间是一条隆起的土疙瘩，车极其难走，若是遇到阴雨天气，车轮打滑必进不去也出不来。

车在一处山脚停下，她左手臂弯抱着那束康乃馨，右手提着那些祭品，下了车。我没有表示愿意为她效劳，跟她说陪她上山祭扫，帮她拿祭品。于她而言，独自一个人的祭扫或许会让她的眼界和内心开阔起来，看透行将不远的遭遇。而“看透”从来不能被代替，也从来不能被提醒。“看透”蛰伏在人生的某个阶段某个机缘某个遭遇，醒时便是一头猛兽，吃掉一个人有生以来的误解、悲伤和过激的兴奋。我不能滥发慈悲，保持距离又何尝不是慈悲，慈悲也只在她的内心，安静得更加安静，安静就是唤醒那头猛兽的最大慈悲。她祭拜的对象，可能是她的父亲或者母亲，也可能是祖父祖母外公外婆，或者姑姑、舅舅、友人，甚至是她未来的自己，她大概猜到她死后，将被亲人埋葬在哪一方土地。生前的争吵，死后获得宽容；生前的遭遇，死后获得解脱。

我在车里看着她孤身往山腰走，一条被上一拨扫墓的人踩出的山道逶迤而去，她像一只没了力气的爬虫，正吃力地缓缓上移。

山道的两旁，洁白的金樱花开得热闹，雾一样腾腾地漫挂灌木丛枝头，几只树莺飞了起来，在空中啾啾叫了几声，飞到山东南面的灌木丛中。我下车去，在山脚徘徊，有意跟上去，以防万一，怕她跳下悬崖。

祭扫很快结束，是我想多了，把生命想得随意。她空着手走下山，把鸡和米糕留在山上，留在她祭拜的对象的石碑前。几天后，将这些祭品吃掉的，一定不是她最思念的那个已逝之人，一定是山中的飞禽走兽，豹猫、黄鼠狼、蟒蛇、鹰、大黄蜂、食肉的昆虫……在当地，流传这样一种说法：飞禽走兽就是祭扫对象的化身，祭扫的人抹着眼泪离开坟地之后，它们偷偷吃掉那些祭品，等同于祭扫对象享用了那些祭品。这样的说法，倒也能宽慰她，使她对那个已逝之人不那么亏欠。

天色暗了下来，我们返回崇左市区。她已来不及赶上去往南宁的最后一趟班车。她请我继续为她服务，送她到南宁。在崇左往南宁的高速路上，在漆黑的夜里，在无边无际的寂静里，车在疾驰，只能看见路和路牌，偶尔有飞虫从某处飞起，猛地撞击挡风玻璃，飞虫在挡风玻璃上挣扎，可对流的风压住它的身体，它无法扇动翅膀飞起，直到更大的风将它呼地一下带走。她就坐在后排座椅上，也就是我的身后，好像暗夜里的一只狸花猫，孤独、诡异、忧伤。这只猫遍体鳞伤，仿佛被什么东西伤过，因而不再号叫，只是在等待，等待某一时刻的降临。我脑海里想着猫咬人的事件，害怕她像猫一样突然扑上来咬住我的耳朵和我的右臂，然后把病毒感染给我，让我成为像她那样的人——我害怕变成她那副骨瘦如柴的样子。

密闭的车里，我们渐渐有了交流，她说活不长了，以前不懂事，大专毕业后在外面到处鬼混，染了不该染的恶病。内后视镜里，她低着头看手机，手机屏幕溢出来的光照在她凹陷进去的脸上，投射出来的光没有带出人的体温，反而显得寒气逼人。我说，我嘴很笨，我不知道怎么安慰你。她说，她已经习惯了世人以异样的眼光看她，知道自己感染的那一刻很害怕死，感觉天要塌，后来就没那么怕了，死就死，唯一对不住的是母亲。

她今天祭拜的是她的母亲。母亲只想让她好好找工作，和普天之下的女人一样，嫁人，生小孩，逢年过节回娘家看看，娘家这头的红白喜事都能参与暖场。可她与人私奔，去了广东，又去了湖北，差点还被所谓的男朋友拐卖到贵州。母亲气得自己打自己的脸，与她断绝母女关系，直至病死了，她都没回来见母亲一面，原因是她那时患病的症状已经很明显，害怕暴露在亲人的面前——直至今日，她回到出生地祭拜母亲，她依然躲开亲戚、熟人，偷偷摸摸上山。

她为什么要跟我说这一切？是的，我同情她，可我人生当中头一回接触艾滋病病毒感染者，除了心里紧张，除了在暗夜中认真开车，我的脑袋和这无边无际的黑一样，似乎什么都能吸纳，又什么都装不下。她的人生遭遇过于丰富、曲折、悲情，她急于寻找一个可以交代一切的豁口，于是一旦打开了话匣，逢人便交代。我洞察了她内心的慌乱，黑夜越是寂静，她的内心越是躁动，就像在挡风玻璃上挣扎着的飞虫。

开车，认真开车，送她到南宁，安好。我在心里默念。

四

你好，请上车。

再见，慢走。

没有说有缘再见，没有留电话，没有添加微信，乘客拿了行李转过身就是下一个路口下一条街道，轨迹的交汇从此断裂，没有谁会记得谁，也没有谁主动去记住陌生人。对于那三个女孩、那一家子、那个流鼻涕的女人，我竟然很怀念他们，在一些睡梦中，他们再一次滴滴打车打到我这辆车，我摇下车窗笑着打招呼：嘿，我们又见面了，这回要往何处去呢？而我每一次醒来，躺在拉了窗帘的床上，想着若是有光亮的地方，他们都能把握住，像喀斯特地貌群山上的灌木丛吸收阳光，这样我就能缓一口气，不那么怀念他们了。我生平第一次这样想念陌生人。

我坐在车里，等待平台的派单，街上繁密的人群聚集又分散，从四面八方汇聚而来，又向城市的各个地方散去，纷纷乱乱的。背书包的女孩要到学校上学，她今天或许要将一份作业交给老师。穿厚棉袄戴厚贝雷帽的老人被儿女搀扶着，他今天可能要去医院就医。求职者走进写字楼之前，用纸巾擦去皮鞋上的尘垢，站直，呼一口深长的气，调整身心。城市是一台巨型洗衣机，时间充当洗衣剂的角色，新的人群洗刷旧的人群，印象一直在堆积、叠加、模糊，最后只剩下让人茫然无措的大印象。大印象里，就像落了叶子的树枝在等待漫长的时间，谁都抹不掉独自一人的滋味。

身为一名网约车司机，每天见到数十人，十天就是数百人，而我仍是我。事实上，我是变了的，数百个人的悲欢、情仇、爱恋、静默、呼吸、对话、打扮、举止，我一直都在接纳，我仿佛是一个大熔炉，里头正在淬炼的是我自己。我从熔炉里走出来，发现我并不是纯粹的自己，我从属于天地、万物、人群，我并不能独自一人纯粹地活着，我一直在纷乱之中活着。

晚上收车后，我习惯在抖音上刷奥德彪拉香蕉的视频。奥德彪在乌干达某条有着很大斜坡的公路上，用二八大杠驮运五百斤重的香蕉。他瘦而健硕，看上去没有脂肪而只有肌肉，五百斤的香蕉在他身后形成巨大的背景墙，二八大杠以极快的速度滑行，达到每小时八十公里，其间，还要过弯道，与大巴车、农用车会车，以及避让路上的行人，车轮的转速让人惊心动魄。奥德彪的驾驶技术神乎其神，他要养五个孩子，每天要拉上千斤的香蕉，网友们给他拉香蕉的视频配上专属的BGM——一种悠扬的哨音，清灵、深邃、飘逸、不可一世，人们将他当作一种精神——五百斤香蕉是车的极限，不是我的极限；这趟香蕉如果我不拉，我的后代就要拉

（奥德彪）。我不是奥德彪，没有五个孩子要养，奥德彪拉的是香蕉，我拉的是人群，我接纳的是分散的人群，最后人群带着我的气息各自散去，我带着人群的气息，如南方的雨一般飘飘洒洒，走向更辽阔的人群。

（发表于《广西文学》2023 年第 9 期）

与　野

我变成傻子，意识完全被密林控制，这个被叫作“弄岗”的国家级自然保护区，就在我居住的西南边陲的一个县境内，幽古、神秘、肃穆，所有的动植物都在野蛮生长，呼呼地生长，刮风一样。我跌落在她的心窝，分不清是谁的心脏在跳。

我存在着，又消失着。

云豹、巨蟒、眼镜王蛇、狐狸、豹猫……我总是幻想它们从某个暗处扑出来，用几秒钟时间审视我，嗅到我内心的慌张后将我叼在嘴上重新隐入密林，或者当场将我的肉身撕裂，就地享用我的肌肉和鲜血。我同时害怕突然的一场雷电，自上而下，穿透密林将我击成一具烧焦的尸体。雷电总是打在最高的那棵树，而我就站在最高的那棵树底下，它庞大的根系有三分之一裸露在地表，我的脚踝正时不时碰到它的根须，被扎得有些生疼。

老罗打来电话，问我到哪里了，我有些不怀好意，我没等他煮熟稀粥和穿好装备，就开车离开市区直奔弄岗，像一场酣畅淋漓的逃跑。老罗每次出门都要花很长时间去准备吃的，熬成糨糊状的玉米粥、蒸熟的红薯、鲜苹果和煮熟的鸡蛋，还准备一把柴刀和一副望远镜，他是我们这群人当中活得最精致的，最懂得养生的，也是最怕死的。他很害怕碰上眼镜王蛇。昨晚的酒桌上，我们借着酒劲讨论眼镜王蛇（也是老罗引出的话题），老罗认为它是世界上最凶猛的眼镜蛇，身型在蛇类中显得庞大且极其有力，立起的上半身能超过人的身高，一口牙的毒能放倒一头600公斤的成年水牛。他总是以最夸张的语气谈论眼镜王蛇。

梁老师正在过去接你，我已经进到保护区里面了。我说。

时间还有些早，山间还有些雾气，雾气散得慢，好像刚刚醒过来的蛇的眼睛。腐叶，烂掉的蘑菇，蛇的排泄物，鸟类的粪便，黄鼠狼的臭屁，百足虫、蚯蚓、臭屁虫等昆虫的气味，混合在一起或许就是那久散不去的雾气，只是这雾气奶白而无味——我对雾气的一种猜想。我总是将雾气与瘴气混为一谈。领我上山的是一位四十多岁的“鸟人”，他说：“等会儿我们就会看到各种各样的鸟。”生在农村也长在农村的我，见过许多种类的鸟，晒谷场上的麻雀、俯视地面的鹰、啄水的翠鸟、穿梭在菜花丛中的菜鸟……但我立马想到被我和爱人圈养在2栋1单元1303号套房里的鹦鹉，我们都叫它“呱呱”。昨日，呱呱终于住进我给它制作的温床，以捱过即将到来的寒冷冬季。我把椰壳挖开一个比它身形稍大的洞口，在里头放置一些干草，它将身体缩进里头，头向外探出来，眼睛迷迷糊糊，老是一副渴睡的样子。弄岗自然保护区是鸟类的天堂，很多珍稀的鸟类一年四季在此处繁衍生息，出门前我应该带上我家呱呱，让它在各种各样的鸟叫声中焕发睾丸激素，唤醒它对雌鹦鹉的性幻想，改掉它嗜睡的坏毛病。

鸟人边走边在胸腔酝酿气流，气流经过声带处理，最后从嘟成枪眼状的嘴洞里逸出，完全复制了十几种鸟的叫声，“叽叽叽”“啾啾”“咕咕咕”“背了喂，背了喂”……通过控制气流的快慢和声带的振动强度，向鸟类传达或低沉或亢奋的情绪。保护区里的鸟很快飞到周边的树丛，短翅树莺、红毛鸡、竹鸡、白翅蓝鹊、白腰鹊鸲，它们探着脑袋，四下顾盼，迟疑，兜转，寻觅，“叽叽叽”“啾啾”“咕咕咕”“背了喂，背了喂”，洪亮地奏响了鸟类交响曲，就在我的耳边、心头，那样的奔放和热烈，毫无规则和秩序。市民在城市广场散步时向鸽子投喂玉米粒，场面也是热热闹闹的，成百上千只鸽子咕咕咕地叫，只是鸽子是冲着食物而叫的，吃饱了肚子就在广场上和人一起散步，把自己也当成了市民，臃肿的体态有了城市的属性。

鸟人首先是人，其次是“鸟”，不然绰号怎么叫“鸟人”呢？这绰号放在戏谑的酒桌上是骂人的话，不知道是鸟得罪了人，还是人得罪了鸟，放到当地保护区这样的环境里则是一种赞誉，知道他是一个通鸟语、与鸟为伴的人。他穿一件陈旧的迷彩服，头上戴着一顶草编的帽子，深邃而透着光的眼睛使他看起来十分精神，我跟在他身后总闻到一股奇异的香味，泥土的芳香、植物的汁液好像在他身上凝结成香包。两年前，我和老罗曾在保护区以外的山头挖野生淮山，浑身沾满了泥土和落叶，身上也散发出这样的一股香味，我们用鼻子嗅了嗅淮山和周边草木的味道，野猪一样追踪香味从何处沾染，终究没有找到香源。鸟人说他也不知道香味是怎么来的，他从来没有觉得自己身上有香味，倒是有一股汗臭味。我从不怀疑鸟人常年在保护区跋涉所积累的经验和智慧，他比谁都清楚光照、气温和降雨对动植物的影响，辨别百草不同的气味更不在话下。我、老罗和梁老师频频进山，心想成为鸟人这样的人，这样闲散的人，没有规则和秩序的人，掌握万物生长密码而后尊重卑微个体生命的人。我们毕生都在妄想高人一等，常常做出自残心灵的事情，最终沾染了一身的生理疾病，费尽心力在群山之间寻找各种野生药材以自救。

别出声！鸟人用手捅了一下我的胳膊，示意我屏息。

我听到了它的叫声。

没错，是它，印支绿鹊。

这是一种极罕见的鸟，鸟类摄影师们驱车数百里只为一睹芳容，在喀斯特地貌山林奔波流转，一年能碰上一两次就算是机缘巧合。我们找了一处很深的草丛蛰伏起来，鸟人又开始酝酿气流，他的胸脯和腹部隐隐起伏着，嘟起的嘴比鼻尖还要突出一些距离，他正准备发出印支绿鹊的鸣叫声。很快，我的耳朵清晰地听到喳喳的叫声，与我昨天晚上在网上搜索到的印支绿鹊的叫声分毫不差，印支绿鹊的叫声与麻雀相似，却比麻雀要洪亮，也清脆些，麻雀的叫声仿佛是在喉咙里放置了一团烂掉的稻草，印支绿鹊的叫声则是放置了能通气的微型竹管，音能飘起来，也荡得开。我开始紧张起来，心跳加速，我即将等来印支绿鹊。我竟然为一只鸟的到来而感到紧张。

印支绿鹊从四野飞来，先是掩映在一些树杈上，探头探脑确认安全后，迅速跳将出来，出现在一处有许多凹槽的岩石上。

多么轻盈的家伙！眼睛到脖颈长有两撇黑色的毛，两羽下端部分呈赤红色，上端和尾羽则是墨绿色，整体腹部为翡翠绿。

我的心脏怦怦直跳。

它在顾盼，对鸟人发出的叫声保持着迟疑的态度，它没有找到和它一个模样的同类，似乎有些失落，在岩石上无趣地跳了几下，间或把头埋到胸脯梳理羽毛。

它的喙和脚也呈赤红色，喙的大小比一颗瓜子稍大一些，也稍尖一些。脚比一支香火的杆粗。额头上一撮突出的毛，时不时顶立起来，又收缩下去，起起伏伏。

它眼睛睁得极大，清澈，盛满了光。它从泥土里叼出一只细嫩的虫子，虫子在它的嘴上扭动着挣扎，虫子肯定很疼，浑身却没有一张可以喊疼的嘴巴，只能默默承受着疼。印支绿鹊抬头看了几下周遭，觉得安全后才将虫子吞下。虫子或许还在它的喉咙或者肚子里扭动，我觉得有些恶心，但在它那里必是喷香的美味，动物们对食物的选择千差万别，我欣然承认这一点，我也是动物。

它循着鸟人的声音赶过来。它的踪迹在众多鸟类当中颇为神秘，鸟人发出了很久的叫声，才将它引到我们面前。它总是在极其偏僻的地方，有时独自一羽，有时三五羽，绝不会像麻雀那样集结成群，呼啦啦一圈飞，旋落在晒谷场上偷吃人们刚打的粮食。

印支绿鹊没有觅到求偶对象——它此行的目的很可能是交配，随后没入丛林，在我们的视域里消失。

鸟人拥有几处观鸟棚，由简陋的木架和一张黑色蛇皮网搭围起来，中间开几个可供长焦摄像机取景的口子。观鸟棚分散在不同的山头，每个观鸟棚对应一两类经常出没的珍稀鸟，比如弄岗穗鹛（它在鸟类摄影师圈内名声很大，我们从没见过它的尊容），又比如印支绿鹊、白鹇、蓝背八色鸫。区内外组织的大型鸟类摄影比赛活动，都租用他的观鸟棚，他有一笔可观的收入，强过他去广东流水线打工。早上从他位于山脚的家门出发时，鸟人吩咐他的老母亲煮一锅玉米粥，又忽然向在屋旁刨地觅虫的几只长冠公鸡和母鸡扑去，动作极敏捷，咯咯咯叫的鸡群被吓得四处飞了起来，我头一回见到飞得如此高的鸡，有的鸡在屋顶落脚，有的飞过门前一亩大的池塘，有的越过我的头顶向龙眼树飞去。他捉住了其中一只公鸡的翅膀，乐呵呵地往上提，说今晚就宰它来吃。

鸟人和七十多岁的老母亲在家守田，一个儿子在广东混日子，一个女儿在市里小学教书，他们一家子像龙眼树，四散开来，生长着，开不开花和结不结果就看树的造化。老母亲说，田不守就长草，长草就不是田，没有了田，家也就冷清了，他们就不回来了。我顺着她手指的方向，看到山那边一垄又一垄的田，草割得干干净净，一棵芒草也没有。鸟人说，在菜园摘菜、在厨房煮玉米粥、在门前剁菜叶喂鸡、在山脚拾捡柴火，这些活儿，老母亲干起来毫无障碍。我刚和她打照面时，就觉得有一股野蛮的劲儿在她眉眼间横着，支撑着她活下去。她知道我们要爬观鸟棚寻鸟，而且一去就是一天，就立刻从屋里拿出两顶草编的帽子给我们戴上，嘱咐我们天黑前下山，饭菜由她负责。

那时我想，被逮住的鸡有何罪？转念又想，饿了的人又有何罪？

正午的时候，我们就在观鸟棚里歇息。脚掌和手掌被磨起了透明的水泡，鼓鼓的，有鸡眼那么大，用手去抠破，摊出好多水来，不腥不臭。我们拿出老母亲用空瓶子装的山泉水和稀粥来喝，粥有些馊味，但能解渴，也能生津，十分开胃。当地人喜欢喝酸粥，发明了酸粥鸭、酸粥猪肚、酸粥鱼等菜谱，我吃过其中的几种，细细观察，肉眼可见粥里蠕动着的酸糟虫。那只被鸟人提在空中不停挣扎的鸡，常年放养在山地，运动量大，吃的多是蚯蚓、蛴螬、蚱蜢等昆虫，肉质肯定非常鲜美，我已经想好了白切鸡点酸粥的吃法。我肚里寡淡得很，一个上午在山上爬，消耗大量体力，沉睡已久的饥饿感真真切切地涌上来，并在身体里奔来奔去，使我幻想我能吃下整只鸡和一头牛。

饥饿，我分明感受到我还活着，生命是冲动的，而非沉寂的。

动物们似乎从未吃得饱，它们一直处在饥饿感之中，除非是蛇类，吞下一只野老鼠能顶十天半个月不饿。我们碰上的麻雀、短翅树莺、竹鸡、红毛鸡、鹰、印支绿鹊，蚂蚁、螳螂、蚱蜢，竹鼠、松鼠、蛤蚧，都在奔向食物的路上。闷热的天气使得动物们感到热辣辣的，这不影响松鼠爬到树杈上寻找坚果，也不妨碍野猪拱开泥土获取薯类食物。忽有一阵风吹过来，树枝间有爆裂的声音传来，噼啪噼啪地响，山头的植被压弯了姿态，森林有了些脾气，责怪风说来就来，一下子扰乱了动物们觅食的胃口。这倒使我欢畅起来。老罗曾把他在野外获取的欢畅之感带到他的课堂，我们爬山的图片被他投放到大屏幕上，他向学生讲解古代文学，讲到阮籍他们七个人跑到山林，饮酒、品茶、弹琴、作诗，狂放起来，搞得地动山摇。这几年的每一个冬季，我都跟老罗进山挖野生淮山，以淮山藤蔓的大小、韧性以及从地面爬出的气候判断地面之下淮山个头的大小、肥瘦，这很需要经验和眼光，老罗一抓一个准，挖上来的野生淮山个头都很大，有我的胳膊那么粗壮。他把淮山拿在手上在我眼前晃，说这东西养脾胃，拿回去跟猪骨头煲汤，吃了能运化体内的湿气。老罗说得正中我的要害，我三十岁出头的年纪，虚胖，一身湿气，走起路来觉得身体沉。大概是我生活自律能力太差，西瓜、芒果、火龙果、香蕉我从不忌口，哪种水果好吃就猛吃，吃到过瘾，怕它们过了季节就没有得卖，西南边陲偏又盛产这些热气的水果，果摊上一拨一拨地冒出来，价格都逃不过十元三斤的命运。我是该多吃点淮山了。

老罗和梁老师正在攀爬另一座山，另一个鸟人给他们带路，从我站立的高处往下看，我看到三个矮小的斑点正缓缓向山上爬。

远处的村庄掩映在山脚那边的竹木里，鸟人说，那里就是他的村庄，妻就埋葬在边上（挂着白幡的一座新坟清晰可见），夜里也就几户人家亮灯，只有老人和狗，狗叫起来，受到惊吓的也就是山上的动物，狗也是寂寞的。

没有炊烟，没有耕种的场面，像蝉蜕，沉寂，风儿从中穿过，不留痕也不生音。似乎哪里的农村都一样。我和妹妹回桂西以南的老家看母亲，午饭后在村里转悠，没能见到五爷、大伯、四叔、成金哥、福海哥他们，倒是在他们家门前见到许多的鸟、松鼠、蝴蝶、蛇、小型蜥蜴、青蛙，在长满芒草的自留地里热热闹闹地出没，见到人就逃开。人们从农村退场，动物们就开始进场，它们的数量有着惊人的增长，我觉得很有生气，可是我更盼着五爷、大伯、四叔、成金哥、福海哥他们回来修缮他们的房屋，给自留地除草，像旧时光那样，他们家给我家送来新鲜红薯和豆角，我家杀年猪的时候给他们家送去一碗煮熟的猪肉和猪红。

山毫无规则地耸立着，极为典型的喀斯特地貌造就它们坚硬的内质。稀稀落落的矮树总是依着山势生长，在石头的夹缝中努力长出些气候来。太阳光照之下，叶子显得有些锃亮，像一片片鱼鳞，晃到眼睛能让人产生错觉，以为是粼粼的水面。另一侧山腰以下的位置，那里积泥丰厚，有无数山涧蜿蜒盘旋，灌木丛没心没肺地长，覆盖了山谷，阴阴郁郁的，那或许就是山的私密部位。保护区就是一个纯粹的氧吧，印支绿鹊在这里生存，绝不可能像我父亲那样患上肺癌，鲜活的血液在它的五脏里流动，充盈的绿色在它的眼里流转，它每天的精力极其旺盛，不停地觅食、求偶、交配、产蛋。

我们在逐渐昏黄起来的天色里走下山，风划过树杈奏响沙沙的声音，自然界的生存和死亡在某个无声无息的内部，在我视力和心力都无法抵达的深邃之处。一些大树在半空中慢慢死去，裸露镂空着的躯体，草丛里出现一只鸟的骨架（以头骨的形状和肋骨的大小判断，鸟人说那是一只红毛鸡的骨架），爬虫正在从它的内里穿过。活着的生命具有多样性，非金属的属性确立了悲的总基调，只有到了黄昏，我才有这样的念想——消亡。

充满活力的印支绿鹊终将死去。

而我不觉得悲，森林总是野蛮生长着，印支绿鹊总会繁衍下一代。

我忽然想到父亲的野蛮。老家门前有一条二三十米宽的河，二十多年前，人们捕鱼的手段还没有那么先进，把缝衣服的针用火烧弯了就当作鱼钩来用。我跟在父亲屁股后面去到河边，父亲用竹竿钓鱼，一整个上午只钓上一尾下体流着乳白色鱼精的鲫鱼，鲤鱼、刀鳅鱼、鲶鱼、黑鱼、爬地虎通通不吃他挖来的蚯蚓，他该是那天里运气最坏的钓鱼人。几天后，他不知从哪里借来了电瓶，我看见他把电瓶安装到一个塑料桶里，再找来两支三四米长的细竹竿，用两根铜线组装成电鱼机，胸有成竹地说今天晚上有大鱼吃啦，让我去喊母亲提前备些生姜。我仍跟在他屁股后面去到河边，那会儿是雨季，河水变成泥浆，黄得像橘子皮，鱼靠岸躲避洪水急流，父亲将两根带线组的竹竿扫到水里，形成包抄的架势，摁通握在手上的电流开关，电流在水里传导发出沉闷的嘟嘟嘟声，一尾六七斤大的青竹鱼忽然暴躁地蹦出水面，形同一只猪崽在空中扭动身躯，父亲大声喊我拿抄网去兜住，他很兴奋。青竹鱼的鱼身为青色，腹白，从胸、背、腹以及脐边长出来的鳍是艳红色，父亲把它放在大水盆里养着，我能与它玩上两个小时，摸它的躯体和眼睛，把手伸进它的嘴里让它咬。

父亲狩猎成瘾。若是在草原，他铁定就是一只凶猛的花豹。在喀斯特地貌野林，他就是一只云豹。他的眼睛像，身法像，动作也像。

他有一个震惊四野的名号，叫“蛇王”。夏天，他巡山，几乎天天巡。他掌握了蛇出没的规律，去到有老鼠和水源的地方蹲守，发现蛇就扑上去抓住蛇尾，边抓边用力甩，蛇疲软下来后，他就用一端岔开的木棍叉住蛇头，最后才用手去用力捏住蛇颈。家里经常挂着几兜蛇皮袋，里边装着吹风蛇、水律蛇、眼镜王蛇，晚上父亲出门找朋友借烟来吸，我和父亲住一间屋子，母亲和妹妹住另一间，说是屋子，实际上是敞开的，猪和鸡鸭的粪便味道从下面一层冒上来（那时候我们家的土房子，第一层和第二层仅用木板隔开，木板与木板之间有宽大的缝隙，脚能踩陷下去），那些蛇就挂在我和父亲的那间屋。蛇在夜间仍发出嘶嘶的声音，我甚至听到它们吐舌头的声音，我和蛇共度时辰，我一直幻想着它们能咬破蛇皮袋，然后爬上我睡的床钻进被窝咬我的脖子，好在第二天醒来，父亲就睡在我旁边，散着浓重的烟臭味。父亲要把那些蛇卖出去，用挣来的钱给妹妹治疗癫痫，或者买猪肝熬汤给我治贫血。

一天下午，妹妹突然摔倒在地上，白沫从她嘴里细细碎碎地冒出来，整个身体不停地抽搐，她的眼球上翻后突然不动了。母亲蹲在妹妹旁边，用手抠住妹妹的牙齿，防止妹妹咬断舌头。母亲突然站起来，哭着在我后背打了火辣辣的一掌："阿爸去了哪里！"我也跟着哭了起来，说，他早上出门捉蛇去了。

我想着，父亲的病和逝，是不是和他生前对动物的杀戮有因果关系，他独自去那个世界后，那些蛇会不会啃噬他的灵与肉。我总是被迫这样想。

我没有继承父亲的野蛮，相反地，我软弱，自卑，极害怕见到蛇。老人说蛇通神性，能认人，你白天侵犯它或者打不死它，它晚上就会找上门报仇。我一见到蛇就跑，有毒的蛇也罢，无毒的蛇也罢，逃命要紧。后来，我碰到每一条蛇都以为是父亲的灵，就不跑了，我会定定地看它慢慢从跟前经过，我还想让它走得慢些，再慢些，这样，我就可以清楚地看见父亲的模样。

我和鸟人没有碰到吹风蛇、水律蛇和眼镜王蛇，正午的时候只碰到竹叶青蛇，它缠绕在竹枝上，眼睛大而圆，翡翠绿的蛇身让人误以为那是细长的竹叶，它如此善于伪装和埋伏，鸟人说曾有人丧命于它。它有毒，老罗说毒性没有眼镜王蛇那么烈，被它咬上一口，去到大医院打血清还有命救，只是要忍受一定的疼痛感。它弯着身躯蛰伏，周边或许有螳螂或者树蛙，等螳螂或者树蛙从它眼前经过，便迅速出击，饱餐一顿。

我，父亲，隔着时间和空间相遇了吗？“父亲……”

这多少带点迷信的色彩，可我拧不过对父亲的念想，终究是没有办法遗忘的。

父亲不知道，他的病和逝倒成了我的反面教材。他吸烟，吸得猛。我想着他是因为吸太多的烟才患上肺癌的，从此我绝不沾染烟瘾。抽烟的朋友觉得我不够男人，我也从不拿父亲的病痛经历作为解释。他生前用电瓶电鱼、拿炸药炸鱼，处在产卵期的鲤鱼、草鱼、鲮鱼、鲶鱼、鲫鱼、青竹鱼、鳑鲏、刀鳅被他电死、炸死，电不死也炸不死的，从此失去产卵能力。而我只钓鱼。

我们约在鸟人家门口会合，鸟人说今天要喝酒，要大喝，喝不醉就不放我们回城区。我说好呀，我要吃鸡。

煮熟的鸡被摆在一张木制的饭桌上，只是被砍成了一块一块的，老母亲把鸡肉拼在两个碟盘上，摆盘有模有样。白切鸡是两广地区典型的做法，鸡皮橙黄，鸡肉白而细腻，鸡骨头切面还有外溢的鲜红的血，为过节抑或平时招呼客人必备菜品。我们围坐下来，还没动筷子就研究起鸡来，老罗说起了他做白切鸡的做法：

鸡，四斤以下太嫩，六斤以上太柴，四五斤最佳。

烧一锅水。

就着锅里的沸水把拔了毛的鸡三提三下浸泡。

捞出，以凉水淹没。

再放入锅中，姜、绑了手脚的葱辅之，水烧得似开未开的，不能沸。

约18分钟后取出。

切，上桌。

我知道鸡其实是鸟的一类，我一面想起印支绿鹊、竹鸡、红毛鸡、鹰、短翅树莺，一面经受不住跌到腑谷的饿，没有觉得吃鸡有罪，火急火燎地啃起鸡肉来，肉质与想象的一样鲜甜。老母亲养了一辈子的鸡，她养的鸡别人吃起来香，她坐在我们对面乐呵呵地笑，沟壑纵横的脸有些灿然。

（发表于《黄河文学》2023年第6期）

深深蓝

一

从租住的城中村搬入市中心明珺小区新房后，我和瑾糊里糊涂地收养了它。

它被贴上“赠品”的标签，卖鸟的人在网上说它肢体有缺陷，要免费赠予我们养。三天后它被寄到我们家，我和瑾小心翼翼地拆开包裹，看见它蓝色的羽毛很像深海的颜色，便给它起个名字叫“深深蓝”。

除了蓝色之外，它的两羽呈黑色，额头上的毛出奇的白，就好像顶着一瓣雪白的梨花。梨花刚刚在枝头绽放，花体硬挺，即便是在云里雾里，也显得格外精神。它立在我的中指上，只有一枚鸡蛋的重量。它的利爪像极了麦芒，甚至比麦芒还尖，以至于它稍微用力收紧爪尖，我的手指便很快疼痛起来。

好在，它知道我是一个能给它喂食的人，通常情况下不会用力收紧爪尖。

它侧着头，转动精巧且清澈的眼睛，有时望着我，好像在观察我的眼睛、鼻子、嘴唇和额头。我的容貌在一只鹦鹉的思绪里，可能是模糊、深邃的，或者凌乱、无趣、消沉的。有时它把视线扫向周遭，眼睛睁得更大更圆，对这套九十五平方米的房子充满好奇。它的内心同样深似海。

我们家的客厅、餐厅和厨房连在一起，共用三十多平方米的空间。客厅和餐厅中间隔着一块一米二宽、两米高的酒红色屏风，屏风对进去是一条通往客卧、主卧和儿童房的过道，这三个房间共用剩余的六十平方米。我和瑾已经在这套房里住了七年，从2015年7月装修入住到现在，房子里的每一处角落都留存着我们的气息，每一寸墙壁都居住着我们或悲或欢的意识精灵。

深深蓝在我的手指上，忽然扑棱一下飞起，旋落在我的肩膀上。它在我耳边孤独地叫了几声，每一声都是字母“g”和“i”的组合，声音落在“i”上是重重的第四调。它只连续叫了五六声，随后继续歪着头，转动眼珠打量我们家的客厅。我和瑾知道它在等待一种声音，一种类似于它的叫声的声音。我学着它的声调也叫了几声，以示回应。我的发声先在胸腔里酝酿气流，再经过声带振动的加工，最后才从嘴里飘出来，虽然中途丢失了一些音色，但总能保持与它的叫声六分像的音调。它竟也领受我这六分像的叫声，叽叽叽地叫了起来，而且越叫越起劲，声音短促而洪亮。我忍不住哈哈大笑，心境随之变得开阔明朗，瑾在一旁拿着青菜叶挑逗它的喙，也嘻嘻笑起来。

两个年轻人，一套房，一只鹦鹉，从此纠缠着生活下去，或者说活下去。

后来我和瑾每天下班回到家门口，掏出口袋里的钥匙扭开房门弄出金属碰撞的声响时，深深蓝就在阳台上激动地鸣叫起来，叽叽叽，我们的归来意味着食物和陪伴。房门到阳台有八米左右的距离，它几乎是数着我们的脚步声而叽叽叽地鸣叫起来的，我也用那六分像的叫声一路追着叫过去，随着我和它之间距离的逼近，它的叫声和我的叫声展开了充满气力的角逐。

我们给它拍些短视频，上传到抖音，一定能圈不少粉。

二

深深蓝每天的食物是小米，就是我们日常用来熬粥的小米，属于禾本科狗尾草属植物，米粒为深黄色，直径只有一毫米左右，是世界上最古老的栽培农作物之一。深深蓝把小米衔在嘴里，用舌头和喙将其旋转一圈剥去外壳后将米肉吞入嗉囊，随着它咕咕地嚼动，小米的外壳纷纷坠于瓷砖地面。它一顿饭能吞下超过一百粒小米，等到它吃饱肚子，地上满是掏空了的米壳。

母亲在电话里说要来城里住一段时间，理由是在乡下没人聊天解闷——其实她真实的目的不是解闷，而是出于传统观念对年轻人生活状况的某种监督。第二天，我和瑾接她到家里，安排她住次卧，给她准备毛巾、牙刷、睡衣等日用品。

母亲所谓的体验城市生活，无非就是百无聊赖之际不断拿起扫把打扫卫生，从阳台到客厅，从餐厅到三个房间，里里外外、上上下下，总是停不下这个活。当她拿扫把去清扫地上的小米壳时，她总是抱怨深深蓝浪费粮食，常常哟哦哟哦地说："一百颗小米相当于一个鸡蛋的蛋黄。"我们给她的手机安装了抖音 App，她做完卫生后在抖音上刷老年养生视频，知道入秋后熬小米红薯粥，可补脾益胃、生津止渴、滋阴养血，促进肠胃蠕动、预防便秘等。她愤愤地将她对食物的想法，掷地有声地告知歪头歪脑的深深蓝，告诉它浪费粮食无论对人还是对鸟来说都是可耻的行为。

对于一位在20世纪七八十年代挨过饿的农村妇女来说，粮食是生命最为踏实的部分。

有阵子，母亲猛地跺着脚说牙疼，说牙里有只虫子在鼓捣牙髓，令她彻夜难眠。她总是把"疼"挂在嘴边，有时还伴有晶莹的泪从眼角奔出，在灯下泛着利剑一样的白光。我和瑾知道她是上火引发牙疼，因为市面上满是红彤彤的荔枝和黄澄澄的芒果（六月份的南方，成熟的荔枝和芒果卖十元三斤），我们去单位上班后，她禁不住诱惑，也不管热不热气、养不养生，买来边刷抖音边剥着吃。她闹着情绪，说非要把左边脸最里头的那颗牙拔掉不可，立刻、马上。我说那就去市医院吧，市医院就在小区斜对面，拐个弯就到。她说不去那个地方花冤枉钱。她一天三次用盐水刷牙漱口，还用切成薄片的生姜含在那颗牙的周边，当一切以为奏效的土方法都不奏效后，她便逮着什么事物都要骂一句，譬如浪费粮食的鹦鹉、燥热的天气、采光太暗的次卧，她试图把疼痛嫁接到她身体以外的一切东西上。

于生活，母亲是慌张的，她缺乏足够的耐心和定力。过去十二年，她的慌张来自守寡的生活，父亲离世时她才四十出头，她一个人苦熬漫长的岁月，到广东打工供我读高中、上大学。眼下，她的慌张来源于我和瑾没能按照世俗意愿，结婚后立马生一个宝宝来给她带，让她在妯娌面前体面地活下去。在她那里，母与子的血缘关系，被一种“需要”与“被需要”的纽带维系着。

母亲到楼下学跳广场舞，她看到有人在街上牵遛棕红色的泰迪狗，有人撸着灰色的银渐层猫散步，有人抱着雪白的兔子在灯光下拍古装照，她很不理解为什么现在的年轻人这么爱养小动物，而对自己婚育的大事漠不关心，她对我们这一代人的表现失望透顶。

我和瑾尊重母亲的意愿，只要母亲稍微沉住气，等我们把一些债务还清，我们一定能完成她所慌张的事。

我是二十世纪八十年代最末一年出生，瑾是九十年代最初一年出生，我们时常自嘲：“我们是80后和90后杂交的结合体。”身边的80后和90后已经在生育二孩和三孩的路上，很多同事在办公室嘻哈谈论的都是奶粉、哭与闹、兴趣班之类的话题，生娃似乎是婚姻附带的责任和义务。母亲正在经历她所慌张的事，我和瑾也在经历我们所慌张的事，两代人慌张的事都集中在了“宝宝”这个鲜活的词上，并像热气球一样不断膨胀。

三

其实，我们的快乐极其简单，简单到来自一只鹦鹉，而非来自新装修入住的房子。房子只会让我们想起每个月的房贷，“被捆绑的消费”投射到个体生命所引发的焦躁情绪既让人抓狂也让人消沉，为此我们没少吵架（瑾撕毁了我爱看的《三体》，那恰巧是她赠送给我的三十岁生日礼物）。我们忽然明白快乐只是一种心态，它并不镶嵌在物质里，像钉子那样专为物质提供“加固”服务。梵·高从巴黎“逃”到南部小城阿尔，突然在一处郊野看见正火热绽放的向日葵时，内心从渊深的沮丧瞬间转变为升腾的快乐，那种快乐让他在旷野狂奔，最终转化为一种热烈的美的呈现。梵·高的快乐，来源于自然界几朵盛满太阳光线的向日葵，也极其简单，他曾说：“我想画上半打的向日葵来装饰我的画室，让纯净的铬黄，在各种不同的背景上，在各种程度的蓝色底子上，从最淡的维罗内塞的蓝色到最高级的蓝色，闪闪发光；我要给这些画配上最精致的涂成橙黄色的画框，就像哥特式教堂里的彩绘玻璃一样。”

深深蓝忽然扑棱着翅膀，飞离我的肩膀，飞向客厅上空，又缓缓旋落在瑾的右侧肩膀上。瑾的手上正托着些小米，它是奔着食物而去的。瑾用拇指和中指捏几粒小米，往右肩递上去，深深蓝用它的上下喙咬下来剥着吃。

我们居住的城市位于国家地理版图上的南端，周边的原野属于典型的喀斯特地貌景观，我用手机查了温度、降雨、湿度、含氧量等，这里并不适合圈养鹦鹉。但从我家阳台向远处望去，除了一些高楼，就是植被纷披的群山，那里该是鹦鹉心之所向的地方。

深深蓝刚到我们家时，缩在客厅的一个角落里，眼睛向我和瑾的脸张望，神情就好像我们张望着宇宙那样，充满深不见底的惶惑。它经历一千八百多公里的长途运输，空间的转换使它的体态充满了疲惫感，它好像还处在肠胃不适的眩晕状态里。“小家伙，到家啦！”瑾伸手去捂住它，用拇指轻轻抚摸它的额头。它叫了一声，声音低垂，没有气力。瑾将它放入事先买好的鸟笼，它仍侧着身体退到最里边，继续蜷缩着。

最初的一个月，恢复活力的深深蓝并不愿意攀上我的手，即便我手上有它爱吃的小米粒。我将手伸向它时，它发出激烈的叽叽叽警告声，而我更喜欢它的这种拒绝态度。我在本市一家大型商场见过一只被驯化成熟的金刚鹦鹉，它和一只羊驼、六只泰迪犬被安排在商场正中央舞台演出，向舞台下的儿童及他们的爸爸妈妈展示作为动物所掌握的本领和技能。它体型庞大，身长约莫五十厘米，双翅到背部的毛色是浓艳的红黄交叉色，臂膀以下到腹沟是浓稠的蓝，全身的毛色油亮夺目。它表演的节目是开动一辆不锈钢单车，用两只脚爪一前一后地蹬在不锈钢单车脚踏板上，用尖而长的喙叼住前杠，卖力地往固定好的轨道推动不锈钢单车。不锈钢单车每迈出一个车轮子的距离，它就可以从驯鸟师的手上得到一颗猫眼大的豆粮，反反复复，直到走完固定好的轨道。驯鸟师完全掌握金刚鹦鹉踩踏不锈钢单车的节奏，向金刚鹦鹉吹口哨、下命令，同时扭动身体配以一连串的附带表演动作，以博得舞台下的儿童发出阵阵尖叫声。金刚鹦鹉完成表演后，疲惫地垂着头。它或许刚从别处的商场转移到此处，似乎一切都只是顺从，顺从驯鸟师的命令，顺从商业文化的需要。

深深蓝保持作为鸟类的生命完整性——我指的是心灵完整性，它胆怯、疑惑、孤傲，戒备心极强。我强行将它从笼子里捉出来时，它用尖长的喙啄进我手背上的肌肤，疼痛感瞬间袭上心头。它扑棱着翅膀挣开我的手掌，半飞半跑地在瓷砖地面扑了好几米远，我仍追在它后面，再次伸手去捉它时，它又忽地振开双翅，越过我的额头，朝着客厅靠墙的屏风顶部飞去，在空中划出了一道波浪形的影子。

它终究不愿搭理我。它有它的性格，它的矜持，它的脾气。作为鸟类，它需要独立的空间。

我搬来凳子，站在凳子上再次伸手去捉它，它又张开翅膀，从高处飞向客厅角落里的绿萝。

四

我家尚有许多家具电器未添置，譬如客厅和卧室的空调、电视，主卧卫生间的马桶和花洒等。入住五年，我和瑾皆因偿还债务而未能添置这些家具电器，我们的工资收入在我们名下的信用卡、借呗、花呗之间被转来转去。

没有空调，落地扇就是我们夏天纳凉的电器。沙发离墙壁上的插座还有三米的距离，我们把落地扇插上插座通电后，不得不把它挪到离沙发更近的位置，才能享受落地扇带来的清凉。这样一来，落地扇的那条通电线被横着拉直，既有高度，又有长度。深深蓝迷恋这条电线，每次瑾将它从笼子里放出来，它必飞到这条电线上，然后开始用喙梳理羽毛，或默默地站立着，左顾右盼我们的日常生活。我们淘米做饭，躺在沙发上刷抖音，做刘畊宏《本草纲目》健身操，甚至是闹脾气吵架，它都能观察得到。

入秋后，天气开始转凉，深深蓝把整颗头颅埋入翅膀下的腋窝——此举是绝大多数鸟类惯常的取暖方式。它安静地立在电线上守着独有的空间，样子极其孤傲。是的，一只孤傲的鸟必然要占领高处，高处使它的脑袋容得下整个空间，双眸可装得下土地、河流、山峦，生命的空间接近于无限宽广。高处是安全的，也是自由的，一只鸟要往东边飞还是西边飞，是直飞还是上下飞，它拥有无限可能的选择权。

我想过，一只孤傲的鸟，同时迷恋风。风在高处呼呼地吹，鸟就知道它可以顺着风飞得更有力，飞得更高更远，视域随之变得更加开阔、深远。孤傲的鸟还望向天上的白云，我知道它心里也装着云朵。云朵呈蘑菇状、棉花状、骏马状，时聚时散，轻盈、飘忽，藏着更高的孤傲和冷意。

没有什么比离开城市去到乡野追踪鸟类的足迹更令我和瑾感到欢愉了。我和瑾常常穿上军绿色的户外服装，试图通过行走乡野召唤早已从我们身上丢失的野性，像丛生的杂草那样，获取野蛮生长的力量。瑾说，只有把自己活成丛生的杂草，才能不被越来越多的事情伤到，因为在锄头、镰刀、火烧、除草剂的轮番摧灭下，野草总能挨过寒冷的冬季迎来重生的春天。我们去到野外，看朝阳从山尖处半遮半掩地爬将上来，看阳光照耀下的虫爬和鸟飞。凛冽的冬季，我们躲在郊野的某处草丛，等待一只猫头鹰从远处旋飞到附近的电线杆上。猫头鹰常常将身体缩成一个毛茸茸的球，灰褐色的羽毛使它看起来像一团被揉成拳头大的稻草，牛毛细雨洇住它的身体。无限宽阔的天空，数条长长的电线，直线上面一团灰褐色的“稻草”，这样的空间关系简约到了极致，却呈现饱满的野性。

和我们一起蛰伏在草丛中的深深蓝，一直处在焦躁的状态里，当它听到来自山谷之中的各类鸟叫声时，它仿佛饮下了兴奋剂，在笼子里不停地转圈，并发出尖锐的叽叽叽叫声。它上下、左右转动头部，将望向四野的眼睛睁到最大，且眼里溢满了奇异的光。瑾捏了捏我的手臂说，你听，它的叫声组合起来很像悠扬的曲子。我们忽然意识到它正处于发情期，此刻正努力通过歌喉吸引异性——睾丸激素激活了它歌唱的运动神经（在鸟类求偶活动中，睾丸激素对歌喉关键部件——鸣管的发育起着决定性作用）。我和瑾感到惊喜，惊喜的是我们唤醒了它的生命本能，这令我们无比兴奋；同时感到有罪在身，我们用一个极为窄小的笼子，圈住了它对异性的想象。

有一日，在那个我们常去的山谷，我和瑾打开笼子将深深蓝放出。深深蓝扑开翅膀飞上一处不高的树杈，而后我们驱车离开。但车刚刚驶出山谷，瑾突然反悔，她推翻我们作出的决定，命令我掉头重返山谷。

早在我们收养深深蓝之前，远在桂东地区的岳父在他家阳台上养了几只棕灰色的竹鸡。有一年国庆节我们去看望岳父，他正清理鸟笼里的粪便，竹鸡在他脚边安分地啄食玉米粒，阳光穿过葡萄架落在那几只竹鸡身上，呈现的美感让我恍惚看到李苦禅所画的活脱脱的鸟。晚上我们一家人喝酒聊天，他说他好几次梦见自己去到一片幽深的森林，去追寻一只毛色斑斓且鲜亮的竹鸡，那只竹鸡将他引向森林最深处，而他在黑乎乎的密林中跋涉数十公里，仿佛从未老去，浑身充满了力气，他要赶在天亮前追上那只竹鸡。

我们学着岳父收养了深深蓝，它落在我们的肩膀上，真就成了我们碎片生活里最具光亮的部分，生活的诸多豁口迎着光亮得以打开，我们肩扛吨位的生活重量也能奔向广阔、辽远、深邃……

2021年10月，我去杭州参加骨干教师培训班，我在飞机上眯着眼睛数窗外的云朵，陷入午睡之际忽然想起深深蓝。啊，它竟在云海之中，呈现渺小的一粒蓝点，在远处无声地望着我。

一切都在温暖的梦境之中。

我的右耳渺茫听到一声“叽”，恍惚间，觉得它又落在了我的右侧肩膀上。旁边座位上穿连衣裙的漂亮女士，她睡着后头忽然挨到我的肩膀将我弄醒，我倏然醒来后才想起深深蓝被寄放在朋友家里，由朋友帮忙喂养，我与它有一千八百多公里的空间距离。

我返回广西后去朋友家接它，站在朋友家门口，象征性地咳嗽了一下，它竟像个突然盼来出门远游的父亲的熊孩子那样激动起来，在笼子里扑着翅膀上蹿下跳，发出激烈的叽叽叽叫声。在它那里，早就把我的咳嗽声保存在它的记忆里。

而在我这里，它在云端，也在地面，更在我的身体里。

（发表于《广西文学》2023 年第 1 期）

孔雀舞

一

我们各自谋生以后，凭着四年大学同学的关系，偶尔在微信上联系，说一些“在哪高就”“结婚生娃了没有”的话。直到我们各自都有了遭遇，我们才真正被关系勾连在一起，频频约饭见面，说一些让我们自己都觉得惊诧的心里话。

阿乐租住在兴宁区邕武路一带，我租住在青秀区民族大道一侧，我们之间的距离有七公里，骑共享自行车需要半个小时。他在我刚刚睡醒的时候敲门，他早在暗沉沉的楼道里等候了一些时间，我打开门请他进来的时候，看到他脚边有两个刚刚熄灭的烟头，一股浓重的烟味猛兽一般扑上我的鼻腔。

这之前，我在沉沉的睡梦中拼死挣扎，从一处湿漉漉的山崖直线跌入河谷，经历漫长的被淹死的过程。

南宁连续下了整整一个月的雨，我在被窝里洇出了许多汗液，脖子往肩膀的方向都是黏糊糊的。即便屋外不下雨，我依然在每个夜晚或者午后听到密密匝匝的咚咚声。数百个年轻人（他们往往是刚刚大学毕业的情侣），租住在由四栋八层高的民宅组成的公寓，大部分人晚上十点或者下午一点过后才下班，他们回到出租屋要做的第一件事就是洗澡和洗衣服。他们往往拧不干衣服里的水，把衣服挂到铁皮窗台进行晾晒的时候，水滴咚咚地滴到下一层铁皮棚，公寓时时被连成片的咚咚声淹没。我在三十出头的年纪担心自己患上风湿和关节炎，我感到水汽从头浸到脚，再从肌肤浸进体内各个器官和骨骼，身体最不需要补充的是水，因而一个月来我没烧一次开水，没泡一次茶，倒是想吃点能吸水的曲奇饼干、海苔和烧烤。我担心自己变成瓦坛里的酸菜，失去光明和善良，发酸、发馊。

“要去哪？”我穿好了牛仔裤。

他说：“建政路小巷有一家桂林米粉特别好吃，他家的卤水调得最纯正。”

他邀我出去吃米粉，我知道，他需要的是热闹，是人间烟火。学生放寒假后，他在他那边的出租屋连续十余天不出门，吃桂林米粉只是一个借口。

我们拿了伞，从许多羊肠似的窄巷走出，等走到民族大道辅路，我忽然改变主意，说想吃烤生蚝，西大东门有好几家烤生蚝店价格亲民，十元六只蒜蓉烤生蚝。他显得有些兴奋，但立即表示口袋空空如也，要我请他吃。等到我们步行到麻村地铁口时，却又扫了两辆共享电单车向文化艺术中心奔去，因为我们在手机上刷到了舞蹈艺术家杨丽萍来南宁演出的消息，今晚八点刚好有一场舞蹈专场。

杨丽萍好几次到南宁演出，我们不止一次刷到微信公众号推送的演出消息，从《云南映象》到《孔雀之冬》，从《春之祭》到《平潭映象》，回回都想奔去观看。只是，时间和空间在不同人身上是割裂的，彼时我或许在农村老家帮母亲收割稻谷，阿乐则远赴浙江参加教学培训班。晚上演出的其中一个作品《雀之灵》，是杨丽萍编导的独舞，也是她的成名作，评论家说它体现了杨丽萍对舞蹈作品内涵的最高要求。这次我们是一定要去的，我们每天腻在床上，腻在抖音里，生活未免显得有气无力。

二

路上，我多次提及想要搬到另一个地方租住，搬去开阔的地带，能让人在睡梦之中梦见草坪、向日葵和撑阳伞的女人的地方。阿乐向空中吸了一口气，谄笑："只要是租在城中村，任凭你怎么搬，哪里都一样。"我对阿乐的话深信不疑，他已在这座城市租住了十二年，从西乡塘区到青秀区，再从青秀区到大沙田、长堽路、江北大道永和小区、埌西村、星湖路，其间搬过很多次家，他对这座城市的城中村了如指掌，甚至能一眼识破所谓的"房东"其实就是房屋租赁公司中介

(这类“房东”往往收取很高的中介费，并且不退回租房押金)。

我和阿乐从同一座偏远的村庄逃出来，又在同一所大学就读，只是他选择了教育专业，我选择了外语专业，毕业后选择不同的就业方向。我们无法回避年少时的一个画面：我们光着身子跳进家乡的小河，向一头胀了气浮在水面的死猪卖力地游过去，用柴刀砍下一只大猪脚。那日的午餐，我们的食物就是那只满是暗红色血块的猪脚，我们必须吃下它，否则我们的身体就会因为营养不良而出现贫血。这样的画面让我们觉得反胃、呕吐，迫使我们再也不愿回到农村。现在，我们的躯体和情感很诚实地贴入城市，我们爱城市的热闹，爱它的繁华，爱它的美食，爱它的浪漫，爱它的时髦……尽管我们以租房的形式嵌入城市的内部。

我们见惯了一拨又一拨的人和我们一样从黑腻的窄巷走出，快步奔涌在城中村最大的一条道上，等出了城中村，慌慌张张拿出手机扫开共享电单车，朝着城市的不同方向奔去。那阵仗，每天热热闹闹的，形同结成纵队的蚂蚁，呼啦啦地奔去有食物的地方。我们就是那阵仗里的两只蚂蚁，在奔向食物的甬道里有时候突然停下脚步，花十几秒钟甚至几分钟试图想通生活上的事，又忽然回过神来，继续奔赴在获取食物的甬道上，有时干脆掉头转向后方，往相反的方向奔去。那十几秒钟或几分钟，往往是一番激烈的带着某种冲动的思想斗争，无数人从我们身边匆匆走过，没有一个人同我们打招呼。嗯，我们只当是人生海海，各有要紧的生存上的事要去奔赴。

我们对房子的渴求，是其他物质无法替代的，我们一面嘲讽冰冷的钢筋和坚硬的墙体，一面又对它里头的一盏温热的灯、一张宽大的床以及热腾腾的早餐和晚餐，表现出疯狂的恋慕。我们还会在阳台上种养一些花卉，早晨我们给花卉浇水和修剪枝条的时候，透过缝隙能看见太阳带着宇宙的能量从远处的山肩升起。

三

有些可笑的是，我们在文字上抱有幻想。

“我的那篇稿件怎么样，往哪里投？”我们骑到青环路时，他看了一眼穿城而过的邕江，转过头来问我。

一篇《租房碎记》是他在多雨季节里写就的，那时他胆子很肥，第一篇稿件就想挣来高稿酬。

我曾半开半掩地告诉过他，写作可以挣些稿费，他信以为真，每日深夜跟我挤上这条窄得不能再窄的独木桥。他写心灵寄居在肉体，肉体寄居在一间狭窄的卧室，所有的一切都是寄居。肉体终将消亡，心灵终究无处可居。而幸福，那一定是心灵找到了豁口，它是敞亮的，追着光。他还拿寄居蟹的命运来比喻，他在银滩上见过有些寄居蟹死在了海螺壳里，半个尸体裸露在外，海浪将其反复拍打。有些寄居蟹没有找到寄居所，它们在沙滩上奔跑，接近狂奔，即便人们跑起来去追，也无法将它们捉在手里。他就是一只居无定所的寄居蟹，目前唯一的优势就是活着。他的文章和他的职业一样，文末充溢着各式各样的道理，且对我多次提出的修改方向总是吃不透。他说处理文字和人的关系是世界上最麻烦的事，后来只有一些市县内刊发表了他的几篇文章，他只收获了几百元稿费，远不抵他写作时抽掉的烟钱。

现在，我只当写作是一剂调和的药，有安眠的作用，也让人活得真实和透彻些。

我是一家杂志社的普通编辑人员，阿乐是一所民办初中的教师，我们码字挣稿费的打算终究幻灭，然而等到我们各自发了工资，仍要相约去吃某酒店的自助餐，或者像现在一样，去文化艺术中心买票看舞蹈演出、听音乐会。实在无处可去时，就从这座城市的最南端乘坐地铁到最北端，只图消耗时间。当这样的生活成为常态，我们的口袋便存不住钱。

四

我们到达文化艺术中心，演出海报摆满了甬道两侧，各类演出海报的画面之美令人兴奋。我们到售票窗口取票进入场馆，场馆里黑压压地坐满了观众，舞台灯光尚未亮起，啊，我们刚好踩着时间点到达现场。《雀之灵》是排在后面的节目，背景音乐（类似于挪威作曲家罗尔夫·劳弗兰和爱尔兰女小提琴手菲奥诺拉·莎莉演奏的曲目《Pastorale》）响起，“孔雀”缓缓地将身体舒展开来，起初我不认为那是一只会跳舞的孔雀。当我看到细长的手指在空中做出孔雀转头顾盼的动作，或是梳理羽毛，才确信那是一只千真万确的“孔雀”。

她极为孤独，灯光落在她身上，释放了略显悲伤的情绪。是的，唯有悲伤，才能饱蘸情感，才能探入一只孔雀的心灵。

孔雀属鸡形目，雉科，是最美丽的观赏鸟，孤独、美丽、高洁、自恋是她的象征。她不停地做出各种各样优美的舞蹈动作，雪花似的羽片纷纷扬扬，她陷入了深邃的梦幻。

羽裙被掀起，身体以及身体里的情感走向热烈。她用力抖动身体，旋转。羽裙凌空而起，形成一个饱满的圆弧，上面有眼睛似的散开的羽斑。空气似乎迅速升温，孔雀穿过漫长的寒冷冬夜迎来黎明，她在森林之中醒来的第一件事就是舞蹈，通过舒展羽毛将昨夜的美梦唤醒——谁不爱唤醒昨夜的美梦呢，何况是一只喜欢抖动尾羽，炫耀其美丽姿色的孔雀。

孔雀的美梦到底有多美，只有孔雀自身才知晓。美梦之所以让人心醉，往往在于它的神秘性，藏着不可告人的秘密。孔雀好像饮下了刚刚从高山上采下来的蜂蜜，或者吃了些陈年美酒，身体摇啊摇，荡啊荡，浑然忘记了舞台下有几百双眼睛像收割机一样在盯着她。观众对她此刻的意识有百千种猜测，都在伸长脖颈向舞台索取梦的内容，索取孔雀的秘密。哦，多么悠远的审美想象啊，我们仿佛置身雾气弥漫的森林。

背景音乐是深邃的清唱、柔软的提琴以及激荡的鼓乐，是我远游时喜欢静听的那一类。我第一次被舞台击中内心最柔软的部分，很惊讶自己此刻像水一样的柔软。我也明显看到坐在一旁的阿乐，他在哽咽，胸腔里的某股气流似乎要冲破他最后一个关卡。他两只手交叉着捏着，上半身微微颤抖，这绝不是场馆空调温度偏低造成的颤抖。

那只孔雀缓缓走到舞台前向观众谢幕，她的身段、神态、肢体很巧妙地勾画出一只孔雀的美梦。

我们随人群走出了场馆，步行走向全长约1314米的南宁大桥。这是一座充满爱情想象的桥，几对年轻情侣在桥上热吻，有的做出电影《泰坦尼克号》男主角杰克抱住女主角罗丝感受猎猎晚风的动作。这是一个春风沉醉的夜晚，荷尔蒙这匹野马正在他们的身体里咆哮——无论白天黑夜，我在出租屋时常听到隔壁单间传来的床上碰撞的声音，很可能就是他们当中的某一对，他们将对性和浪漫的追求发挥到了极致。桥体装饰用的霓虹灯光，变幻着投射到我们身上，我们竟然沉默着，什么话也没说。我心里想着，舞蹈家一生只做一件事，她赋予孔雀神性，又通过孔雀赋予自己另一种生命，她有丰富的生命外延。我仿佛被孔雀施了魔法，身体被舞“虫”撩拨，心灵之雀撞开了通往草坪、向日葵和撑阳伞的人的门，意念不受控制地扭动关节和筋骨。每一种想法，每一种欲望，每一种开阔，都似乎存在关节和筋骨，我听到了关节和筋骨骨碌旋转、碰撞的声音。

阿乐在心里剥着些什么，我不得而知，而所谓的生存于他而言，数个小时前在雨下受冻，往前推数年则在朝阳升起的山巅，那时候他多么像一只奔腾的鹿啊，当下就在雾气打江面一涌而上的桥上。教语文课兼美术课的他，语文教学成绩获得全区（县）初中教育教学质量一等奖。美术课唤醒了学生对阳光以及光照之下的物趣的审美欲望，而他却是一个被信用卡扼住喉咙的人。

2019年9月的一个下午，他不知道从哪里借来数万块钱塞到他爸妈手中，说要把老家的房子推倒重建。建一栋房子至少要20万元。也就是从那年开始，他的电话总是急急地响，一天要接超过十次的电话，有些电话则置之不理，任其从上午响到下午，直到他关机或者置换手机号码。我有事要找他时，只能通过QQ连线才能联系到他。他也频频向我借钱，几千也拿，十块二十块的饭钱也拿。

我听不见他内心的任何声响。

我们走到桥中间，他的头发被一层白霜似的雨洇浸，他忽然向天空举起了拳头，又重重地向大腿捶去。我能察觉得到，他应该找到了心灵的豁口，因为那一拳充满了来自宇宙深处的力量。

如细针般从天而降的雨，如虹的桥体灯光。我们一前一后地走着，不知从何而起地怄气，相互之间谁也不理谁。

我们是两只受过伤的孔雀，穿过漫长的冬夜森林，黎明之中各自重温昨夜的美梦，开启身体内部的舞蹈。

（发表于《广西文学》2023年第1期）

阳光从窗台照进来

守在办公室座机电话前，我已经给自己更换了数次口罩。是的，好几日过去了，我无论如何都要去窗台那里呼吸几口空气，以及收揽一些光线。

我必须排解掉那些久久盘旋在胸口的阴郁的恐慌。

窗台，至少是光线最饱满的地方。

单位办公楼沿街而建，早前有同事提起这楼是1982年建造的，当下它有斑驳的墙皮为证。我站立在这栋楼里的窗前，这几日的雨还在一点一点地渗透人间，城里的一些人驾驶各类的车奔走在道路上，这样持久的雨几乎让每个人潮湿，因而车辆大多迟缓而阻滞。也是在这个窗前，要是在平常阳光盛大的天气里，我抬头定能眺见远处莽莽荡荡的喀斯特地貌群山，以及群山上的那些葳蕤的植被，那时山的形态和林木的姿态总能把我带入一个清晰而又旷远的空间，尽管我当时身处办公室且正在撰写一篇五六千字的领导讲话稿，但心境并不见得烦闷压抑。

我的耳边仍在回荡着电话的铃声，早上接的那二十九个电话很像梦境中的某些呼叫，缠绕在周身不肯离去。我知道那只是暂时的幻听现象，但我脑子里仍在清晰地盘算着，还有七所学校尚未上报疫情。今天，应该没有什么异常吧，但愿都能挺过去，而我也能等到天边投射来一道金灿灿的光。我暂时让桌案上的那堆记录表、水性笔、铅笔、便签，还有那台使用未满一年的台式联想电脑休息片刻。早晨从家里自带的装满滚烫开水的保温瓶，打开的瓶口上已经没有热气飘出来，我忽然想到我应该去打一壶水来烧，但我仍不想动身，我需要宁静的时间和寂静的空间，去承担对生命和生存的一些思考，比如国内的药物学家、生物学家要怎样破解病毒密码，才能研制出解救众生的“解药”。比如楼下这条名叫“新华路”的街道上，两侧刚刚冒出花蕊的芒果树，要等上多长时间才能迎来热热闹闹的阳光进行授粉，往年的这个时候，蜜蜂是最喧闹的。

二十九所学校的负责人，在电话里头报告本校的学生情况和教职工情况，我很清晰地回顾他们憨厚和仁慈的声音，这些声音有些来自附近的城区，有些来自喀斯特地貌群山深处的乡镇，他们偶尔报告一两个学生或者教职工出现低烧、咳嗽等症状，但随即说明去了正规医院检查，只是普通感冒，并无异常。是的，辖区内四万多名中小学生、幼儿至今未出现一例新型冠状病毒感染病例，我们的值守并没有徒然耗费时光，每一寸时光都盛满了看不见摸不着的意义，我们紧绷着的神经一直在放射出责任到位的强烈信号，我们召开的紧急会议和采取的宣传措施渗透到了辖区校长、教师、学生和家长们的意识之中，那浩瀚的意识也终于集中在了一根弦上，绷住，一刻也不放松。

领导一直坐在我所在的办公室里，他仍在牵挂那三十多所学校，从早晨到现在猛打着电话联系口罩、消毒液等物资，他同时泡了一桶方便面，方便面的气味弥漫在办公室的空间里，空气有些呛鼻。办公室还备了肉松面包、八宝粥、蛋黄派和大白兔奶糖，这些食物被安静地堆在文件柜的角落里，并不能引起太多的注意，但从年初二到年初十，我和同事们被迫消灭了许多这样的食物，甜甜腻腻的感觉在我们浑身的血脉中四处奔跑，体内好像着火一样，让人感到焦虑和不安。我明显感受到我的肠胃正在产生深刻抵触，甚至偶尔生发一阵轻微的痉挛或者绞痛。我们打开这些食物的包装时，它们香气浓烈，毫不迂回地直扑我们的鼻孔，但生命早就在呼唤一碗滚烫的肉汤，我深刻地相信肠胃是有灵魂有想法的，对电饭锅里的喷香白米饭和餐桌上的正在冒着热气的啤酒鸭、红烧鱼等，它总表现出灼灼的欲望，这灼灼的欲望或许是生命逆流而上的一种表达。通过食物，我相信这一场没有硝烟的战争里，还存在灵与肉的拉锯战。我仍提不起胃口，领导坚持说赶快吃，他故意挑起气氛说：“香啊，果然是老坛牛肉。”

雨下多了，我已经受不了潮湿。

我开始呼唤阳光，眼睛紧盯天际，天际的开合正在相互转换，云层之内正在酝酿最为炽烈的阳光，大概不用多长时间，阳光终究会从这扇窗投射进来。

我忽然牵挂那户教职工家庭。他们家有女儿在疫区读大学，最近返家，教育、公安、卫生、乡镇政府、社区等多个部门每日登门或电话咨询身体情况，他们蜗居在自家不大的空间里，最迫切需要一场盛大的阳光，以驱散他们内心的恐慌与难过。早上拨通他们家的电话，座机电话嘟嘟嘟声异常响亮和刺耳，也显得尤为迟疑，频繁的电话无疑给他们造成更深刻、更压抑的紧张。

我首先报以歉意：“农老师您好，请您务必谅解。”

“我们也不想给大家造成更大的恐慌，没事的，该做的事还得做。”他在电话里头的语气颇为温和，并无牢骚。

“理解万岁吧，我们都得严肃对待疫情防控。”我说。

后来才进入正题，问候家庭人员今天的体温情况，家里的物资是否准备充足，是否做足了防护措施，等等。他也掏出了“家底”，一五一十地反馈他们家的情况，我在记录表上快速登记时间、地点、情况、是否外出等，但那张狭窄的表格，终究无法承担他的忧虑和怅惘。倘若我此刻蓄满了盛大的阳光，而电话线可以传导光线，我当毫无保留地输送给他，让他亮堂堂地照见光明。

盛大的阳光。南疆地区并不少见，我双眸直视云层，觉得它只是被这场雨暂时困住了想法，或者，它在赶赴人间的路上突然犯困，倚着云层打了个盹儿。

盛大的阳光从未停止倾泻人间的亘古决心，过往如是，漫长的现在与将来亦如是。早上的时候天际已经进行开合转换，阳光在云层间若隐若现，到现在的下午四时，阳光正一朵又一朵地在我的额头上跳跃，我额头上的肌肤正在一寸一寸地感受阳光内核中的温度，它温柔的抚摸已经抵达人间。

是的，阳光开始出现，许多的光线投射到我站立的窗台。

湿漉漉的“新华路”开始一点一点地风干，芒果树上的雨水逐渐蒸发，雨中的各种霉味也慢慢消失。我喜欢这样敞亮的光明，天地澄明，人间安宁——哦，这场没有硝烟的战役很快就会结束。

（2020年发表于《广西文学》微信公众号“抗击疫情”专辑）

物趣与人生

我爱光，爱光照之下的物趣。

今年有一段时间，我总爱往外跑，总要找一处湖泊静坐。我家那位不解，临出门的时候，总要骂一句：

“天天往外跑，脑子犯病!”

我要去找的湖泊，是市政府的人工湖，现在是我常去的湖泊。

这一处的湖水，静得出奇，如妇女平躺时的乌黑发丛。湖上，时常有丝丝缕缕的微风拂过，那时我的周身往往浮动着花草的暗香。暗香浸入我的肺腑，使我莫名地干净、柔软下来。湖的东西走向，错落地生长着高矮胖瘦的树，有树林的规模，又不似树林，不整齐地成排生长。当夕阳的霞光映照大地，整座湖的光辉，树的光辉，亭台的光辉，呈现出十分辉煌的气派，每一处地方都溢满了光辉，我整个身躯异常地温暖。

光辉，深沉得如同一头老牛，让人想起老家金黄色的稻田，以及童年的我手中挥舞的镰刀，这是阳光赋予人性的回光了吧，也是我对四季最直接的体验。然而，我已算不清有多少时日没有好好回一趟我的老家了。

一位暮年老者，手上把持着一把鱼竿，从东面不紧不慢地走下阶梯来。他找到离我不远的一处地方，一屁股坐下来，很是舒适惬意的样子。他手上把持的鱼竿是竹子做的，鱼线在竹子上绑着，鱼线连着鱼钩，制作极其简单朴拙。这类鱼竿和我小时候钓鱼用的鱼竿，用的是同一质地的竹竿，现在恐怕不多见了。老者没有和我打招呼，而我也更愿意以陌生的态度成全他的闲适与性灵。生活就是这样，每个人都有自己的孤独，都有自己的趣味，有时候不必惊扰。

老者安坐在小岛上，默默地，像是遗忘了整个世界，其趣味——自然、垂钓、人生、闲定，比我要丰富得多。

我也爱钓鱼，然而我用的是现代碳素竿。碳素竿很多时候把我和自然生硬地隔开，也把我和我的童年强行隔开，真是没有什么趣味。

老者鱼线上的鱼漂，泛着光辉，鱼咬钩时，顿了一下，停了一刻，又猛地顿了下去。鱼漂上的光辉随之跳跃，颇为生动，也颇为轻巧、纤细、柔软……我不由得想起十九世纪西方印象画派对光的生动捕捉，那时光的神奇似乎超乎人类的想象力，自然之物在光的映照下总是流光溢彩，各有其面目，各有其趣味，各有其美。且物物之间，又不似人与人之间那样复杂凌乱，他们在光的照耀下真实、清晰、纯洁，直抵人的心灵，引起震撼之感。

人呢，人有时候就可笑了。

在去往这一处湖泊的路上，我就遇着一群围着看热闹的人。他们把整条街堵住了，只因有两人因为停车位的问题扭打在一起。一位中年模样的，裤子被扯到大腿，裸露大半个白白胖胖的屁股在地上左右扭动。一位小伙模样的，则被摁在地上，动弹不得，两只手胡乱地在空中乱抓，嘴上大喊大叫。人这样的事情真是无趣。

光也落在老者身上，随着太阳在群山边上的腾挪，老者身上先是金灿灿的。过半个时辰，变淡了些，金中带暗黄。再过一个时辰，最后是冷灰了。老者只是不动，总是默默地，成了能治疗我“郁郁”病的一副药。我总以为生命生来就承受着生的隐痛，生老病死，因为结局已定，因此总是悲凉的走向。用史铁生的话来说，那是一件不必急于求成的事情。老者那股默默的趣味，真真切切是我心灵上的良药。

我常给我的学生讲，早晨、午间和傍晚的阳光落在甘蔗树上，都有不同的姿态和形象，前者，铮铮如少年；次者，威风凛凛似军队；后者，则如呼吸均匀的老马群像。除此，当人的心境喜、悲、憎、欣时，大地上的甘蔗林都因你的感情而附带灵魂性质，它们以静默的方式与你对话，你欢腾喜悦时，它们也在欢腾喜悦；你悲伤怄气时，它们也在悲伤怄气；你憎恶人性，或者欣羡人性时，它们也在憎恶或者欣羡。

这一切的物趣，往往深得你的疼爱。我给孩子们的结论是，当自然光的变化和人的心境融合在一起时，我们所见的一切东西都会有一股耐人寻味的“物趣”在里头，即使当时我们的生活是“淡淡的窘，漠漠的歉意，幽幽的尴尬相”也好。倘若这样的趣味在我们尘世的生活中丰富起来，我们会更易于找到活下去的勇气和担当。

老者还是默默地，一个人独坐，成就天地之德。

“唯有临终的眼，才能映现出最自然的美”，我以为川端康成的说法不全对，当我们真正热爱生活，并热衷于察觉阳光和阳光下万千物种时，我们生活的周围就会涌现许许多多的物趣，包括生活、世界以及灵魂的一切美都不仅仅映照在那双临终的眼上，更映照在博大而敏锐的活生生的生命之眼上。

我们误以为“物哀”胜于“物趣”，矫情地认为人生处处是苦难。

我也倦了，不愿去想生活上那许许多多杂乱的事情了。

老者有时朝我的方向望望，当我的目光和他的目光重叠在一处的瞬间，我与他心照不宣地笑了。他喊道:“天气很好，过来抽支烟！”

（2018 年发表于《左江日报》副刊）

上河图

就着日暮，我坐在河流边上，沉默，发呆，陷入寂静。

在我眺望的方向，祖父和他的马儿迟迟未出现，更别说他答应带来的糖果了。

夕阳往河面洒下金晃晃的光线，氤氲出一种极具美感的太阳光晕，可我莫名有种想哭的冲动。我向天空伸出胳膊，接受一种来自夕阳抚摸的烧灼感。一只雄鹰在附近几座高山的崖壁间巡飞，我有两种担心，一种是它将我视为猎物，另一种是它可能会一头撞进山崖——我不大相信它能自由掌控飞行的方向，它要真撞上山崖，我一定奔跑到山脚下捡起它的尸体，提回家摆放在我家母鸡和她的鸡崽面前。

下游两百米处有一座水坝，圩日时，外村的赶集人撩起裤脚从坝上缓缓蹚过。他们当中有人逆着夕阳光照远远地看到我，指着我对他们的孩子说：

“呐，河流边上的那个孩子。”

河流从远处的群山夹缝中缓缓而来，遇到水坝时水声不澎湃，也不羸弱。嗯，深秋时节，介于澎湃与羸弱之间的那种恰如其分的柔软与飘逸，内透一股清润之气。水声沙沙地在我的耳际徘徊，而后沁入我的心脏。我想到河里的鲫鱼和虾，祖父和他的马儿到来之前，我决定去挖蚯蚓钓鱼。

很多年以后，我感到有无数条河流，奔窜在我的血液、呼吸、肌肤，将我生命上的杂质、妄想、污浊涤荡消解。月光照进我的窗台，和水声连作一片，后来风声也融了进来，蝉虫的鸣唱也加了进来，树也发出了响动，它们组成以“水”为主题的交响曲。关于水的身躯舒展在了水上，关于水的梦境蔓延在了曲子里。我梦见了我变成无数条河流，无数条河流变成了我。

有几年的时间，为了寻找河流，我先是去了桂林的漓江，再是去了云南的怒江，后又去了广州的珠江……兜兜转转许多年后，我回到了故乡的河流，那条名叫“古榕江”的河流，那条一直牵着我奔跑的河流。

是的，在故乡，我如愿找到真正的河流。

它的河底呈蓝黑色，很像被世人遗忘在人间的一条玉带。它在群山夹缝中逶迤穿行，弯弯曲曲的身段使它看起来又像是一条正奔向丛林深处的巨蟒。当“巨蟒”遇到更大的山体阻碍时，它迂回转入另一座山的夹缝，消失在我眺望的视线里。后来我下到山脚近距离看古榕江，水却呈碧绿色，且水质极净，可看到成群的蓝刀鱼在水中嬉游。我迫不及待脱下运动鞋，决定赤脚到水里与它们肌肤相亲，从河水里汲取清凉之感以驱散六月的燥热。河水抚摸着我的脚踝，我向幽深的山谷大喊："啊——啊——"白鹭受到了惊吓，在山谷中翩然翻飞，它们的影子映在水面却显得悠然自得，那些洁白的云朵其实离它们很近，仿佛它们随时可以钻进云层沐浴饱满的阳光。我知道它们经常往返于古榕江的两岸，随时可以咻地一声俯冲到水面，用它们锐利的长嘴一口叼住一尾在水面等待落虫的蓝刀鱼。

两岸攀附着许多村庄，这些村庄里的数千户人家傍水而居，从古榕江汲取保障生产生活正常进行的水源。古榕江两岸呈现的是一幅祥和悠远的乡村图景，无论时间怎么变化，人们外出还是留守，她在这幅乡村图景中始终充当"流水"的角色，默默地连通着两岸的村庄，使两岸的村庄变成活态的富有诗意的村庄，而非静止的乏味的村庄。

上世纪九十年代，祖父每隔一个月，都会牵着驮满货物的马从外村走来，他打着手电筒，肩上背着米粉干和糖果，卸下货物后，想做的第一件事是去河里游泳。那时我常常跟着他，吃着他带来的糖果，坐在河岸上帮他照看衣物，月光落在他的胸脯、臂膀上，他就像一匹沐浴在月光里的黝黑的马。

父母去广东打工后，为了驱赶我内心的惆怅，祖父每隔一段时间就带我去河边溜达，从上河溜达到下河，再从下河溜达到上河，我们踩着余晖回家。后来有几年，祖父每个月十五号都要出门远行，他要外出贩马，一次远行就要消耗一个月的时间，在他远行的漫长时间里，我常常一个人坐在河岸上。

于是，外村的赶集人指着我对他们的孩子说：“呐，河流边上的那个孩子。”

许多年以后，这句话竟如此生动，又如此轻盈，如此孤独，又如此有意味，是我年少时的生动写照。

三十年过去了，河流上的那个孩子远赴他乡。他乡是一座各式各样的建筑物挤挤挨挨的大城市。他每天要做的就是上好每一天的班，下班经过菜市买些菜回家，回到家后照顾一家子的生活。只是偶尔某个夜晚，等家人们熟睡后，他一个人搬张凳子坐在阳台上吸烟，一边屏息倾听用手机播放的蟋蟀叽叽叽的声音，一边抚摸漏下来的银色月光，幻想自己仍是那个河流边上的“野孩子”。

他很想回家看望祖父。祖父已白发苍苍，就像月光一样，有了寒意。

入夜，他又做梦了。他坐在边上，他是个孩子，他在看天空中的雄鹰，耳朵听着河流的声响。他仍然是孤独的。

（发表于《广西民族报》2023年10月13日副刊）

图书在版编目（CIP）数据

空间：猫、硅胶工厂和心脉 / 黄其龙著. -- 南宁 ：广西民族出版社，2025. 3. --（广西新锐作家作品系列）. -- ISBN 978-7-5363-7935-0

Ⅰ. I267

中国国家版本馆CIP数据核字第2025WR5815号

广西新锐作家作品系列

空间：猫、硅胶工厂和心脉

KONGJIAN：MAO，GUIJIAO GONGCHANG HE XINMAI

著　　者：黄其龙
出 版 人：石朝雄
策划编辑：梁秋芬
责任编辑：梁秋芬　杜　洪
助理编辑：宋丹琦
装帧设计：张文昕
责任校对：陈　翠　黄淋冬
责任印制：梁海彪　张东杰
出版发行：广西民族出版社
地址：广西南宁市青秀区桂春路3号　　邮编：530028
电话：0771-5523216　　传真：0771-5523225
电子邮箱：bws@gxmzbook.com
印　　刷：广西昭泰子隆彩印有限责任公司
规　　格：787毫米×1092毫米　1/32
印　　张：6.75
字　　数：141千
版　　次：2025年3月第1版
印　　次：2025年3月第1次印刷
书　　号：ISBN 978-7-5363-7935-0
定　　价：38.00元